薬屋経営してみたら、利益が恐ろしいことになりました
～平民だからと追放された元宮廷錬金術士の物語～

主な登場人物
クリフト・ホーミング
ホーミング王国の第一王子。アイラの才能を見抜いて宮廷錬金術士として採用した。アイラが追放された後も、なにかと力になっている。
アイラ・ステイト
腕の良い宮廷錬金術師。明るい性格でコミュニケーション能力も高いが、ある日、突然ユリウス王子にクビを宣告されて途方に暮れる。
シスマ・ラーデュイ
アイラの後任として採用された宮廷錬金術師。物静かなタイプだが、錬金術に関してはプライドが高い。

エミリー・キース
シンガイア帝国の錬金術士で、ローランドの双子の姉。陽気だが、好戦的な一面もある。
ローランド・キース
シンガイア帝国の錬金術士。アイラの代わりとして、ユリウスによって招かれた。
ユリウス・ホーミング
ホーミング王国の第二王子。狡猾な性格で次期国王を秘かに狙っている。平民であるアイラを追放し、新たに貴族の錬金術師を雇い入れるが……。

Contents

薬屋経営してみたら、利益が恐ろしいことになりました
～平民だからと追放された元宮廷錬金術士の物語～

まいか

イラスト
志田

1章　追放と経営

私の名前はアイラ・ステイト。17歳。ホーミング王国の首都であるリンクスタッドで錬金術士をしている。それも、ハンノヴァ宮殿で働く宮廷錬金術士として。

私の仕事は薬の精製だ。素材から、回復薬や毒消し薬をはじめ、相手に状態異常を付与するダークポーションやマインドポーション、ポイズンポーションなどを精製する。これだけ色々な薬を作れる錬金術士は他にいないということで、平民ながら結構良い暮らしをさせてもらっている。

将来は、伯爵などの貴族とも結婚できるかもしれない……そんな噂もあった。でも、調子に乗ることなく日々、仕事に励んでいたんだけど……。

ある日、私はホーミング王国の第二王子であるユリウス・ホーミング様に呼ばれた。一体何事かと、私は大急ぎで彼の元へと向かった。

「アイラ、今まで宮廷錬金術士としての仕事、ご苦労だった」

「あ、ありがとうございます、ユリウス殿下」

いつもと変わらない態度……だけど、何かがおかしい。ユリウス殿下の表情というか、全体の雰囲気というか。彼の近くには2人の騎士の姿もあった。

「今日でお前はクビだ」

「えっ？　どういうことでしょうか？」

いきなりの言葉に、思考が付いていかない。

「聞こえなかったか？　お前はクビだと言ったんだ。別の錬金術士を見つけたのでな。……私は兄上とは違う。お前のような平民が近くにいると思うだけで、虫唾《むしず》が走るのだ。代わりがいなかったから我慢《がまん》していたが、これで、お前を堂々と宮殿から追放できる」

「ちょ、ちょっと待ってください！　そんなことを急に言われても困ります！」

「うるさい奴だな……」

ユリウス殿下は聞く耳を持つ気がないみたい。あくびをしながら、私から視線を逸《そ》らして窓の外を眺めている。代わりが見つかったということは、その人はおそらく貴族なんだろう。

私を宮殿に招いてくれたのは、第一王子であるクリフト様だ。

クリフト様なら、ユリウス殿下のようなことは絶対に言わないはずだけれど。

「クリフト様に会わせていただけませんか？　お願いいたします！」

「兄上は留守だ。そして、お前の宮廷錬金術士としての職務は今日限り。つまり会うことはできん」

「そ、そんな……」

「全く、兄上も兄上だ。なぜ、こんな平民を宮殿で働かせたのか。お前の代わりの錬金術士は3名もいる。平民のお前よりも能力ははるかに上だろう。分かったら、荷物をまとめて出て行くんだな」

「ゆ、ユリウス殿下……」

もはや、私の言葉は全く受け入れてもらえなかった。

1年前に宮廷錬金術士として働き始め、色々なアイテムを調合してきたけれど、こんなにも一瞬で身分を失うなんて考えてもいなかった。

これからどうしたらいいんだろう……。


私はとりあえず、アミーナさんのところへ行くことにした。

アミーナさんは宿屋を経営している未亡人で、辺境の村から首都リンクスタッドに出て来た私にとって、頼れるお姉さんといった人だ。

私は彼女に事情を話した。

「……ということで、錬金術士をクビになってしまって……」

「そんな無慈悲な追放を、第二王子様が……」

ユリウス殿下の無慈悲な追放か。さすがに首都の外へは追い出されなかったけれど、クビ宣言から1時間もしないうちに、私は貴族街の外へと出されてしまった。

持っていた荷物は、少しばかりの素材と着替えなどだけだ。これまでの給料は宮殿内に預けていたので、事実上、没収という形になってしまった。

アミーナさんの宿屋には泊まれるけど、もちろん無料というわけにはいかない。

でも、何日も泊まれるほどのお金は持ち合わせていなかった。

「とにかく今は、クビになったことよりも、新しい仕事を見つける必要があって……」

「そうよね、働き口は決まっているの？」

アミーナさんは心配してくれている。正直な話、すぐに思いつく仕事はなかった。強さに自信があったり、魔法適性が高ければ、冒険者や護衛の仕事で稼いだりできるんだろうけど。

「と、いうより、アイラは錬金術士じゃない。それだったら、やることは一つよね」

「あ、そっか。そういえば、そうでしたね……」

灯台下《とうだいもと》暗し……間近にある物ほど見えにくい、私は錬金術士だったわ。「宮廷錬金術士」はクビになってしまったけれど、大元に変化があるわけはない。ただ、問題もあって……。

「設備がないと、調合は難しいんですよね。それに、素材も少ないので……」

設備や素材は冒険者達に依頼して調達してもらえるかな？　大釜とかその他、諸々《もろもろ》も。掛かる費用は後払いで……って、そんなことできるかどうか。結構、前途多難な気がしてきた。

「設備ね……古い設備でいいなら、一応、宿屋の奥にあるわよ？」

「えっ、本当ですか？」

どういうことだろう？　アミーナさんが錬金術士だったとは聞いたことがないけど。

いいえ、それよりも……私はその設備を見せてもらうことにした。光明が見えてきたかもしれない。


「アミーナさん、ここって？」

アミーナさんが言っていた奥の部屋には調合用の設備が整っていた。確かに様式は古くて、宮殿内のそれとは比べ物にならないけれど、必要不可欠な物は揃《そろ》っている。

「夫が生きていた時にちょっとね……この宿屋はもともと、簡単な薬も売っていたから」

「え？　ていうことは……」

「ええ、あなたがここに来るよりもだいぶ前だけどね。私は薬士《やくし》っていう職についていたの」

薬士……その名の通り、回復薬などを調合できる職業ね。錬金術士ほど幅広く精製することはできないけれど、基本は同じようなものだ。

そっか、そういうことだったんだ。その頃はきっと、旦那さんが宿屋の経営をされてたんでしょうね。他にも従業員はいたと思うけど。

「これも何かの運命かもしれないわね。アイラさえ良ければ、ここを使ってくれないかしら？」

「ええっ⁉　いいんですか⁉」

予想外の流れに私はビックリしてしまった。まさか、こういう展開になるなんて。

「ええ、その代わり、この宿屋で働いてもらうけれど、いいかしら？」

「も、もちろんです！　アミーナさんさえ良ければ……ぜひ、働かせてください！」

「ありがとう、こちらこそよろしくね」

「はい！」

灯台下暗し。まさにそうだった。働き口の話が出た時に、どうしてこの宿屋で働きたいという思いが出なかったのか……きっと、遠慮してしまったんだと思う。アミーナさんの迷惑になるのは、避けたかったから。

でも、これなら私は役に立てるわ。錬金術士として、アミーナさんに恩を返さないと！

それから、私は奥の部屋を整備して、なんとか使用できる状態にした。設備は旧式だから、量産するのは難しいけれど、今のところは素材も少ないし、問題なさそうね。

「手元にある素材は少ないから、精製するアイテムの種類はよく考えないと」

回復系がいいのか、それともダークポーションみたいな攻撃系のアイテムがいいのか……回復薬といっても初級、中級、上級、超上級と種類があるし。悩むところね。

「アミーナさん、この宿屋って冒険者の人も多く泊まっていますか？」

「そうね……今は冒険者が多いわ。新しい未踏遺跡が見つかったから、首都に冒険者が集まっているし」

「なるほど、そうなんですね……」

宿屋のロビーで寛ぐ人達を見ると、明らかに冒険者が、それも怪我をしている人が多い。

まずは回復系のアイテムを優先的に作った方が良さそうね。

私は早速、新しい場所での錬金を始めることにした。


それから、数日が経過――。

「この上級回復薬と毒消し薬をもらおうか」

「はい、ただいま。ありがとうございます」

アミーナさん達がカウンターで接客している隣で、私は薬を売る。裏の部屋で薬を調合して、それらを直接売る作業は意外と大変だった。

接客は宿の従業員の方にお願いしてもいいと思うけど、薬の効果を聞かれた時に、すぐに対応できるのは私しかいない。しかも、質問してくるお客さんも多いので、私が調合と接客の両方をこなした方が効率的だと思えたの。

まあ、まだ数はそんなに作れないから、私が調合専門になる必要もないしね。

「結構、珍しい物を売ってるんだな……」

「さすがは首都リンクスタッドってところか」

「前の薬屋さんには上級回復薬なんてなかったしね～」

お客さん達は、かなり珍しそうに見ていた。もともと、王国内に錬金術士なんてほとんどいないのだから、当たり前かもしれない。薬士が作るアイテムとは、種類が異なるだろうしね。

さらに、私が宮殿にいた時に精製していたアイテムは、多くが国家のために使用されていたから、ほとんど一般人には出回っていないはずだし。

珍しがられているけれど、おおむね評判が良いみたいで安心した。

「上級回復薬に毒消し薬、風邪薬に目薬まで作れるなんてね。何というか……錬金術士ってすごいのね」

「いえ、そんなことは……」

「もっと素材が豊富にあれば、さらに幅が広がるんでしょう？　薬士なんて、回復薬なら回復薬、目薬なら目薬という感じで、自分の専門分野以外の薬は作れないのよ」

専門分野以外のアイテムも作って商品にするならば、もう1人薬士を雇う必要が出てくるってことね。おそらく、ほとんどの薬屋ではそのようなシステムを取っているはず。

薬士の中には1人で複数のアイテム精製が可能な人もいて、その最たる者が錬金術士か……。

私も故郷にいた時には、薬士の師匠に調合のノウハウを教わったけど、師匠はすぐに「私に教えることはもう何もない。お前は立派な錬金術士だ」と言って、首都に行くように促してくれたんだっけ。

それで、王国の宮廷錬金術士の募集があって、クリフト様に認められたんだった。

「アイラがここで色々な種類の薬を売ってくれれば、私の宿屋は、今までの2倍どころじゃ済まない売り上げになりそうね」

「そう言ってもらえるのは嬉《うれ》しいんですけど、素材があまりないんですよ。宮殿から追い出された時に持っていた物しかないので」

「そっか……なら、なんとかして調達する方法を考えないと……」

そう、宿屋の中に併設されたこの薬屋を繁盛させるためには、まずは素材の安定確保が必要になる。冒険者を雇って供給してもらうのが近道な気がするけれど、安定供給されるまでには時間を要するかも……。

と、そんな時だった。私の名前を叫ぶ人物が宿屋に入ってきたのは。

「アイラ！　ここにいたのか！」

私もアミーナさんも自然とその人物に視線を向ける。

「クリフト様!?」

想定外にもほどがある。まさか、クリフト第一王子様が現れるなんて誰が想像できたかしら？

「ど、どうしてここに？」

突然のことに私は驚きを隠せなかった。いくら首都とはいえ、貴族街でもない普通の宿屋に王子様が訪れるなんて、かなり異例だ。

「いや、君を探して来たんだよ」

「わ、私を、ですか……？」

クリフト様が私を探してここまで来てくれた？　彼の第一声も私の名前だったし、本当なんだ……なんていうか、すごく嬉しい。ハンノヴァ宮殿で仕事をしていた時にも気遣《きづか》ってくれたけれど、まさか、私が追い出されて数日で見つけてくれるなんて。

いいえ、それよりも、クビになった小娘を第一王子様が探してくれるなんて、通常はあり得ないことだ。

「クリフト殿下……信じられませんわ、こうしてお会いできるなんて」

「突然、来て申し訳なかった」

クリフト様は一緒に来ていた兵士達と共に、アミーナさんに頭を下げている。これにはアミーナさん自身も、どうしたらいいのか分からない、といった表情だった。

周りにいた少数のお客さんも、何事かとこちらを見ている。目立っては、クリフト様にとっても困るかもしれない。

「と、とりあえず、奥の部屋に行きませんか？」

「そうだな……構わないならば、そうしようか」

クリフト様もすぐに察してくれた。アミーナさんには視線で了解を取って、クリフト様を奥の調合部屋に案内する。仕方がないので、一時的に薬の小売りは中断ね。


「すごいな。ここは……宿屋内に調合室があるのか」

調合部屋に入ったクリフト様は、予想通り驚いていた。設備的にはクリフト様が驚くほどではないけど、意外だったんでしょうね。

私はクリフト様と自分用の椅子を用意した。兵士達はクリフト様の護衛だからか、入り口付近で警戒しながら立っている。

「本当に済まなかった、いきなり来てしまったのもそうだが……それ以上に……」

「いえ。クリフト様のせいではないと思います」

椅子に腰を掛けると同時に、クリフト様は再び私に頭を下げた。誠意が伝わってくる瞬間と言えばいいのかな？　実際、私を追放したのは弟のユリウス殿下だから、彼が謝る必要はないと思うんだけど。おそらく、管理責任のようなものを感じているんだと思う。

「本来なら、すぐにでも戻してやりたいが……ユリウスが、既に宮廷錬金術士を選定して、私が留守の間に、書類などを議会に提出していたのだ。無効にするのは少し難しい……」

「い、いえ、そんなこと……」

第一王子様でも、無効にするのが難しい手続き……ユリウス殿下はそんなに私を追い出したかったのかしら？　特に失礼なことをした覚えはないけど。

「代わりに、と言ってはなんだが、私にできることがあれば言ってほしい。できる限りの協力はさせてもらう」

「クリフト様……」

クリフト様は以前から変わらない……優しいお方だ。前から思っていたけれど、今回のことで、それがよりはっきりしたわね。といっても、クリフト様に手伝っていただくこと？　ええと、どうしよう？

「では……実は私、ここの宿屋で錬金術士として働いておりまして」

「ああ、そういえば薬がいくつか並んでいたな」

「はい……ですが、素材が足りないのです。設備については問題ないのですが」

設備は問題がないと言えば嘘になってしまうけど、せっかくアミーナさんが貸してくれた場所を悪く言うなんてできない。とにかく今は、素材が何よりも必要だった。クリフト様にお願いしていいのか分からないけれど、お言葉に甘えることにする。

「つまりは、調合用の素材の供給をしてほしい、ということか」

「さようでございます。売り上げが安定しましたら、代金は必ずお支払いしますので……お願いできないでしょうか？」

「費用は気にしないでくれ。請求されては、何のための協力か分からないからな」

「で、ですが……」

素材の供給を無料でというのはさすがにまずい気がする。それだと、売り上げの全てが利益になってしまう。しかし、クリフト様は「気にするな」の一点張りだった。

ほ、本当にいいのかな……？

「他に協力してほしいことはあるか？　例えば、ここの設備の拡張などは？」

「先ほども申し上げましたが、それに関してはすぐには必要ございません。定期的なメンテナンスだけしていれば、使えますので」

「そうか、なら私は調合用の素材を調達してくれれば、問題はないな？」

「は、はい……ありがとうございます、クリフト様」

なんだか信じられないくらいスムーズに進んでいる。設備の拡張についてはアミーナさんの許可も必要だから、今は置いておいて。ユリウス殿下に追放された時はどうしようかと思ったけれど、人生、一寸先に光明が見える時もあるのね。

「それにしても……ユリウスの奴は」

「ユリウス殿下がまさか、あのようなことをされるとは思っていませんでした」

「そうだな……」

私とクリフト様の間に微妙な空気が漂い始める。２人は兄弟なんだし、クリフト様の前でユリウス殿下の悪口は言いたくないけれど。

「ユリウスが平民と貴族との違いに固執していることは分かっていたが、そんなことではダメなんだ。あの頭の固いユリウスに、次期国王の座を譲るわけにはいかないな」

「と、いうことは、クリフト様が次期国王陛下になられるのですか？」

「まだ決定というわけではない。その……もしも、私が国王になれたとしたら……」

「はい？」

ついさっきまで重たい空気が流れていたように感じたけど、今はまた空気が変わっている。ちょっとだけ爽《さわ》やかなものになっているような……？

「私の隣で錬金術を……いや、今言うことではないな、忘れてくれ」

「クリフト様？」

声が小さくて、よく聞こえなかったけれど、隣で錬金術を、とか言ってなかった？　どういうこと？　でも、これ以上聞くのは失礼になりそうだから、今はやめておくわ。

クリフト様の協力の約束を得て、私は宿屋「桜庭亭《さくらばてい》」の中で薬屋「エンゲージ」を正式に開店することになった。

お店というより、宿屋のオプションのような立ち位置だ。アミーナさんの宿屋の中にあることは間違いないけれど、一応は独立した個人経営の薬屋という体裁にすることを、アミーナさんが許可してくれた。

アミーナさんとクリフト様にはどんなに感謝してもしきれない……受けた恩は、薬の売り上げ向上で返していくとしよう！　よ〜し、張り切って薬屋の営業準備に励むわよ！　暗い雰囲気は私の性に合わないしね！

で、その2日後……。

「アイラ、調合用の素材を持ってきた。とりあえずの量ではあるが……」

「ええっ⁉　こんなにですかっ⁉」

クリフト様は、早速、調合用の素材を運んできてくれた。護衛の兵士達も手伝っているけれど、想定の3倍くらいはありそうな量だった。

「これだけの素材を、一体どこで……？」

「まあ、こう見えても一応は第一王子という肩書きで生活させてもらっているからな」

答えになっているようでなっていないような……クリフト様の持つ権力がすごいということは伝わって来た。おそらくは宮殿内……私も以前働いていた、錬金術の最新設備のある施設からの調達だと思う。

ユリウス殿下にバレたりはしないのかな？　確か今は貴族の錬金術士が3人で使用しているはずだけれど。クリフト様が議会を通して承認されていたと言っていたから、既に錬金術士は活動を開始しているはず。

「あの、この素材は、私が使用しても問題ないのでしょうか？」

「ああ、大丈夫だ。何かあれば、私の名前を出せばさらに安全だろう」

なんという心強いお言葉……クリフト様に逆らえる人なんて、王国中を探してもほとんどいないわけだしね。

「よし、これで準備万端だな」

「はい、クリフト様」

お店の名前も付けたことだし……さて、頑張ろう。私はとても張り切っていた。

私は楽しみながら、アミーナさんやクリフト様に報いようと、そしてお客さんのニーズにも応えようと、張り切って調合を開始した。

それから、次の日の開店になったんだけれど……。

「な、なんなのここは？　宿屋じゃなかったの？」

「なになに、薬屋『エンゲージ』だって？　宿屋の中に薬屋さんがあるのか、面白いな。しかも、種類がすさまじい……」

目薬や風邪薬、胃腸薬をはじめ、初級回復薬から上級回復薬、毒消し薬などの各種状態異常回復系、火炎瓶、氷結瓶などの攻撃系、ダークポーションなどの状態異常発生系のアイテムまで、在庫切れにならないように、徹夜で調合した。お客さん達の笑顔があれば、眠気なんて吹っ飛ぶ……というより、その品揃えの多さに戸惑っている人々が大半だったような気がする。

そして……言うまでもなく、どんどん買われていき、同時に薬の効果について、質問の嵐となった。

私が接客をしていなかったら、今頃、パンクする音が聞こえて来たと思う……。

◆◇◆◇◆

「首尾はどうだ？」

「これはユリウス様……おはようございます」

「ああ、おはよう」

朝早く、私は宮殿内にある錬金施設を訪れていた。ここには、錬金術士が薬などを調合する際に必須の機能が用意されている。そして、宮殿内の施設・設備は最新鋭ときたものだ。王国中は当然として、周辺国家と比較しても、ここまでの最新設備はないかもしれない。

それだけ、私はこの設備に自信を持っていた。少し前までは、アイラという平民の錬金術士が利用していたが、現在はそれに代わる3名の貴族令嬢が利用している。

宮殿内や貴族街は神聖不可侵の場所だ……そこを通る者も、それに見合った身分でなくてはならない。国民や周辺国家に示しがつかないからな。

「はい、まだ全ての機能を使えているわけではありませんが、いくつかの回復薬の量産体制には成功しています」

私と話している錬金術士は侯爵令嬢のテレーズだ。３人の錬金術士の中では一番家柄がいい。器量も良いので、将来的には私の妻に、とも考えてはいるのだが……。

「いくつかの回復薬とは……具体的には？」

「はい、毒消し薬と初級回復薬になります。あとは……目薬の調合に関しても、もう少しかと」

「……そうか」

「はい。このテレーズ、ユリウス様のご期待に添えるように、精一杯努力して参ります。他の２人と共に」

「そうだな……頑張ってくれ」

ふむ、精一杯努力して参ります、と来たか。３人の錬金術士がこの施設を最初に利用してから既に10日以上だ。私は何か、わだかまりのような感情を抱いていた。

「テレーズ」

「はい、なんでしょうか？　ユリウス様」

「お前達３人で調合できる薬の種類は何種類だ？」

「はい、私が初級回復薬と目薬の２種類です。あとの２人は毒消し薬と初級回復薬で、それぞれ１種類ですね」

この者達が錬金術士という肩書きを得たのは最近のことだ。それ相応の才能を見出したからだが。いくらなんでも少なくないか？　これではただの薬士ではないか？　いや、ここにある最新設備を使えば、どんどん種類を増やしていくことができるだろう。まだ焦る必要はない。

「テレーズ、しっかりと、錬金術士として頑張るようにな」

「かしこまりました、ユリウス様」

大丈夫だ、特に問題などない。だが……あの小娘、アイラはどの程度の種類の薬を作っていた？　目の前にいる、侯爵令嬢にして私の運命の相手であろう美女と比べるなど、いささか腹立たしい。

私は内心では癇癪《かんしゃく》を起こしながらも、アイラ・ステイトについて考えを巡らせた。

さて、あの女……以前の宮廷錬金術士、アイラ・ステイトは17歳だったはずだ。私の兄上であるクリフトが推薦し、1年ほど前に宮廷錬金術士になったのだったか。

平民の分際《ぶんざい》で、かなりの才能を持っていたはずだ。貴族街や宮殿への出入りも許可された異例の存在……。将来的には伯爵などの貴族や王族との婚約も可能ではないかと言われていたか。

ふん、忌々《いまいま》しい……。

「いかがなさいましたか？　ユリウス様……？」

眉間にしわを寄せている私を心配して、テレーズが私の顔を覗《のぞ》き込んだ。平民出のあの女とは違い、やはり気品に満ちている。仕草からして違う。下の階級の者では決して出せないオーラとでも呼べばいいのか……ぜひとも、このテレーズは自分のものにしたい。

「心配の必要はない、テレーズ嬢。私はお前が宮廷錬金術士として大成することを、心から期待しているぞ」

「……！　ありがとうございます、ユリウス様！　ああ、なんともったいないお言葉でしょうか……感動して涙が出そうですわ！」

そう言いながら、彼女の目からは小粒の涙が溢《あふ》れていた。私はそれを軽く拭ってやる。

「ユリウス様……」

「テレーズ、期待しているぞ」

「はい、ありがとうございます！」

ふふふ、テレーズの心の中が手に取るように分かるぞ……私に惚れ始めているはずだ。

「ところで、ユリウス様。ひとつ伺ってもよろしいでしょうか？」

「どうした、テレーズ？」

「以前にこの場所で働いていらした方……宮廷錬金術士の方は、戻って来られないのですか？」

「ああ、それは……そうだな」

「さようでございますか……」

まさかこのタイミングで、テレーズからアイラの話題が出て来るとは。話が少し逸れたが、まあいい。

「私は、調合の記録などを読ませていただいているのですが……」

「うん、それがどうかしたのか？」

調合の記録か……私は見たことがないが、おそらくはアイラが書いていたものだろう。そう考えていると、テレーズがその記録しているノートを出してきた。ほう……1年間の歴史のようなものか、まあたかだか1年ではあるが、平民にしては上出来と言えるだろう。

「以前の宮廷錬金術士の方は……もしかして、とてつもない種類のお薬を調合されていたのではないでしょうか？」

「とてつもない種類？」

そうだったのか？　せいぜい数種類程度と思っていたが……疑心暗鬼の私を諭すようにテレーズは本を開いてみせた。そこには……調合レシピだったのか、文字がびっしりと記載されていた。

「これは……」

一瞬ではあるが、思考が停止した。一体、どれほどの種類のレシピをあの女は持っていたのだ？　いや、レシピかどうか分からない文字も多かったりするが……汚い字だな。解読には時間がかかりそうだ。

「一般的な教養に乏しい、平民の字……といったところか」

「ユリウス様、そのようなお言葉は……」

「あ、いや……忘れてくれ」

いかんいかん、つい本音を出してしまった。目の前のテレーズに嫌われるのは、私の将来にとっても良いことではないからな。だが、このレシピノートのような記録を見る限り、テレーズや他2人の錬金術士よりも、アイラは多くの種類の薬を調合できていたことは明白か。

……あの女がどの程度、国家の利益になっていたのか、もう少し詳しく調査をしてみるか。

父上や議会には、優秀な宮廷錬金術士が3名も入るので、代わりとしては十分すぎると啖呵《たんか》を切ってしまったからな。

まあ、そうでなくとも、平民の女などに破格の報酬を出すこと自体があり得ないわけだが。

そういえば、アイラの報酬は追放したから払っていないのと同じか。ははは、いい気味だ。

「どうかなさいましたか、ユリウス殿下……？」

「いや、なんでもない、気にしないでくれ。それよりも……このレシピノートは今後の調合の参考になるだろう。一刻も早く、調合スキルを磨きアイテムの種類を増やしていってくれ」

「かしこまりました、ユリウス殿下。なるべくご期待に添えるように働かせていただきます」

「頼むぞ」

宮殿内の設備は最新鋭だ。量産体制も容易に整えることができる。高レベルのアイテムは機械での量産はできないらしいが、まあそれは今は問題ない。

ちょうどいいレシピノートも出て来たことだし、問題はないはずだ。テレーズを含めた彼女達3人ならば十分に宮廷錬金術士の役割をこなしてくれるだろう。そんじょそこらの平民などに負けるはずがない……。

「ふう……」

宮殿内の調合施設から戻った私は、私室で仕事を済ませていた。

「お疲れ様でした、ユリウス殿下」

「ああ」

私に労《ねぎら》いの言葉を掛け、オーフェンはコーヒーを淹《い》れ私に渡す。執事のオーフェンは、信頼のおける私の片腕のような存在だ。

最近、宮殿内の調合素材が減っているのだ。どうも兄上が関与しているみたいだが……どういうことだろうか？　まあ、やや余り気味でもあるので、特に問題はないのだが。

私達王族やその他の貴族達に供給されるアイテムに、影響が出るとは考えにくい。

「オーフェン、なにか問題はあるか？」

「問題……でございますか？」

オーフェンはアイラを追放した時の詳細を知っている。だからこそ、私は彼に尋ねた。

「そうですね……まだ、問題はないかもしれませんが、アイラ殿が作り置きしていたアイテム類の在庫が減っています」

「まあ、奴はもういないからな」

「はい。このままでは、そのうち在庫が底をついてしまうでしょう。ですので、現在の宮廷錬金術士の方々による供給は必須になってくるかと」

「なるほど……分かった、その辺りは考えておこう」

ちっ……やはり、問題点は出ているか。

「それから……これは不確定情報なのですが」

「なんだ？」

「首都のとある宿屋で、薬の類が売られているようなのですが……冒険者を中心に、かなり繁盛しているようです」

「ほう、宿屋内での薬か……これはまた、タイムリーな話だな」

「はい、私もそう思います」

薬士が間借りでもしているのか？　ああ、そういえば、以前に宿屋兼薬屋という店があった気がするな。まあ、そんなことはどうでもいい。今は目の前のことに集中しなければな。

◆◇◆◇◆

いや、もうなんていうか……本当になんていうか……。

「アイラちゃん、この薬の効果は？」

「説明書きにもありますけど、ダークポーションっていう対象を暗闇状態にする薬です」

「この薬はなんだね？」

「それは上級毒消し薬と言って、猛毒などの回復に使えます」

「これは珍しいんじゃ……？　ええと、上級回復薬？」

「ええ、そうですね。傷薬の強化バージョンみたいなものなので、未踏遺跡探索とかでは、かなり重宝しますよ」

私が追放されてから2週間は経過しているかな？　私が宿屋「桜庭亭」内で薬屋を開始してからまだ1週間くらいなんだけど、お客さんの質問攻めから購入へと至るケースが半端じゃなくなってきた……。

「メンタルポイントを回復してくれるエーテルまで売ってるなんて、すごいわね、ホント」

「あはは、ありがとうございます」

「また、買いに来るわ」

「ありがとうございます。お待ちしております！」

魔導士のお客さんが帰って行き、ようやく一段落といった状況になった。私は調合アイテムの作り置きと接客を同時に行っているので、奥の部屋との往来が激しくなっている。そろそろ、接客は誰か他の人に任せないとまずいかもね……。


「すごいわね、アイラ。傍で見ていることしかできなかったけれど」

「アミーナさん、ありがとうございます」

お客さんが少なくなった頃合いを見計らって、アミーナさんが紅茶を私に渡してくれた。休憩の一杯っていう意味合いかしらね。お礼を言いながら私は紅茶に口をつける。

「売り上げの方は順調です。でも……」

「そろそろ、他の従業員に手伝ってもらう？」

「そうですね……お願いしてもいいですか？」

「もちろんよ。あなたのお店のおかげで、桜庭亭の評判も上がってるし」

「そうなんですね」

なるほどなるほど……まあ、宿屋と薬屋が一緒になってるお店なんて珍しいしね。私のお店が有名になれば、アミーナさんの宿屋も連動して有名になっていくのか……。逆に悪い噂はアミーナさんにも迷惑を掛けるから、しっかりやっていかないといけないわね。

「やあ、アイラ。今、少し話せるかな？」

「クリフト様！　は、はい、もちろんです」

そんな時、クリフト様がいつもの兵士達を連れてやって来た。今日は素材供給の日ではないけれど、様子を見に来てくれたのかな？

「首尾はどうだい？」

「はい……なんとか、現状は上手くいってると思います」

「そうか、それは良かった。しかし、すごい種類の薬が置いてあるね。これ、全て君が調合したんだろう？」

「はい、まあ……」

「素晴らしい技術だな」

「あ、ありがとうございます」

クリフト様に言われると、とても恥ずかしくなってしまう。いつの間にかアミーナさんはカウンターの隅に移動して、ニヤつきながら私を見ている……何か勘違いされているような気がするわ。

「うふふ、ごゆっくりどうぞ、クリフト王子殿下」

「あ、ああ……ありがとう」

アミーナさんは、様子を見に来てくれただけのクリフト様を、まるで恋人を訪ねて来た男性みたいな目で見ている。

相手は王国の第一王子なんだけどな……宮廷錬金術士として働いていた時は懇意にしてくださったとはいえ、さすがに身分が違いすぎる。

でも、クリフト様はまだ22歳だし、結婚もしていないし、何より、クリフト様は優しいしね。全然無理ってわけではないのかな？　とか考えたこともあるけれど……て、あんまりこんなことを考えてたら、不敬罪に問われそうだわ。

「ははは、面白い女将さんだな。こういう宿屋なら、一度、泊まってみたいと思う」

「確かにアミーナさんは面白いし、良い人ですよ。宿屋のサービスだって充実しているし、私からも推薦いたします」

アミーナさんの宿屋「桜庭亭」の評判は実際に結構良かったりする。これもアミーナさんと、その下で働く従業員さん達のおかげでしょうね。

「ところで……先ほど、少し様子を見ていたが、1人で薬屋を経営しているのか？」

「今のところはそうですね。アミーナさんの宿屋で働く従業員の方が、手助けしてくれる予定ではあるんですけど」

「なるほど……しかし、それでは宿屋の経営に影響が出るかもしれない。協力を約束した身としては、私の方から従業員を派遣したいのだが、どうだろうか？」

私はクリフト様からの予期せぬ提案に驚いてしまった。

「ク、クリフト様の配下の方が来てくれるんですか？　でも、それは……」

大量の素材を供給してもらった上に、従業員まで派遣してくれることになっては、さすがに申し訳が立たない気がする。供給素材についても、どこかのタイミングで費用を返していく予定にはしているし……。

「そんなに気にしなくても大丈夫だ。これでも、ユリウスのしたことを帳消しにできるとは全く思っていないからな」

「クリフト王子殿下……ありがとうございます……」

なんだか変な空気が流れている気がするけれど、真剣なクリフト様の好意に、下手に断っては失礼に当たると思ってしまった。

確かに宮廷錬金術士をクビになったのは残念だけど、本当はもう十分に帳消しになってると思うんだ。クリフト様が悪いわけじゃないし、私はこうして新しいお店を経営している。今はそれが楽しくてしょうがない。過去のことに囚《とら》われるのは、あんまり性に合わないしね。

「アイラ、君への罪滅ぼしという側面があるのは事実だが、実はそっちはあくまでもオマケみたいなものなんだ」

「罪滅ぼしがオマケですか……？」

「ああ」

どういうこと？　ユリウス殿下が行ったことへの罪滅ぼしとして、クリフト様は協力してくれていると思っていたけれど。なんだか、カウンター越しからこちらを眺めているアミーナさんが、さらに怪しい笑みを浮かべている気がする。

アミーナさんには、クリフト様の言った言葉の意味が分かっているのかしら？

「オマケというと聞こえが良くないかもしれないな。つまり、私自身がアイラに協力したいという気持ちが強いんだよ。それだけさ」

「ええっ⁉　クリフト様？」

「まあまあまあ……うふふ」

予想もしなかった言葉に、顔が一気に真っ赤になっていくのを感じた。アミーナさんはもう完全に楽しんでいる！　ど、どういう返答をすればいいのかな……これって、一般的には告白に該当……するわよね？

いえ、でも相手は王子様だし！　もう私の脳内はまともに思考していなかった。

「すぐに返事がほしいとは言わない。ただ、もしも迷惑でなければ……今後も手伝わせてほしい」

「クリフト様……」

さすがは第一王子殿下……動じている様子はほとんどなかった。私はクリフト様の告白？を拒否することもなく、答えを保留することにした。だって、いきなり答えられないし。

それから……私のお店には、クリフト様の配下の人が従業員として、配属されることになった。

2章　綻び

「ご報告申し上げます、ユリウス殿下」

「ああ、よろしく頼む」

　執事のオーフェンが私の部屋に、調合関連の報告にやって来た。侯爵令嬢のテレーズを含めた3人の新しい宮廷錬金術士のことは安心して任せることができた。

「テレーズ様、ミラ様、モニカ様の3名の宮廷錬金術士についてなのですが……」

「ああ、首尾はどうなのだ？」

　私がテレーズに期待の言葉を掛けてから1週間が経過していた。その間も宮殿内の最新設備を使用しているはずだ……成果は十分に出ているはず。

「テレーズ様は初級回復薬と目薬、それから新たに風邪薬の調合にも成功した模様です。やや成功率に欠ける部分もありますが、これでテレーズ様は3種類のアイテムの調合に成功しています」

「ほほう、さすがはテレーズ！　一般の薬士とは一線を画す存在だと、これで証明できたな」

「ええ、そうですね」

普通の薬士は1種類のアイテムを作るので精一杯……複数のアイテムの精製は錬金術士の専売特許だ。さすがは将来の私の妻になる女性だ。彼女が成長していると聞くと、嬉しくなるな。

「ミラ様、モニカ様についても、2種類のアイテムの調合には成功しています」

「ほう、それは何よりだな」

「はい。ミラ様が初級回復薬と目薬の調合、モニカ様は初級回復薬と中級回復薬の調合に成功しています。多少、成功率に難があるのですが……」

「調合を繰り返すことで成功率は確実に上昇していくはずだ、それほど問題ではない」

「確かにそうかもしれませんが……」

ふう。これでなんとか、議会へスムーズに報告できそうだ。宮廷錬金術士という偉大な肩書きを持つ者が、いつまでも一般の薬士と同等では、私の立場も危うくなってしまうからな……。

「しかしまあ、これで自信を持って議会に報告ができるというわけだな。彼女達3人ならば、さらなる成長も期待できるしな」

私の言葉にオーフェンはやや不穏な表情を見せたが、最終的には頷《うなず》いた。大丈夫に決まっている。なにせ、アイラを追放し、私が選抜した3人なのだから。アイラを超える日も近いはずだ。

「ユリウス殿下、もう一つお伝えしたいことがございまして……よろしいでしょうか？」

「構わないが、どうしたんだ？」

オーフェンは先ほどより暗い表情を見せた。よせ、お前が暗い顔になると私まで不安になるではないか。

「以前に申し上げた宿屋と薬屋が兼業になっている店のことですが……」

「ああ、そういえばそんな話もあったな。それがどうかしたのか？」

私はやや緊張しながら、オーフェンの次の言葉を待っていた。

「最近はさらに繁盛しているようです。それから……その薬屋を経営しているのは、どうもアイラ・ステイト殿のようでして……」

「なんだと……？」

オーフェンの表情の理由はそれだったのか……私もその事実を聞き、しばらくの間、固まってしまった……。

◆◇◆◇◆

「ほ、本当に良かったんですか、クリフト様……？　お食事なんて」

「ああ、アイラさえ嫌でなければ、特に問題はないいな」

「いえ、もちろん嫌ではないですけど……」

クリフト様の冷静沈着な告白に保留を貫いた私……それでも彼は笑顔でいてくれた。まあ、あれは告白というよりも、協力させてほしいという強い要望だったのだろうけど。

それで、薬屋の営業時間が終わってから、私とクリフト様は夕食のために近くのレストランへと入っていた。一般人の私からすると、第一王子様が食事しているところを見られたら、色々と大変そうに見えるけど……周囲の兵士達も特に気にしている様子はない。

本当に大丈夫なのかしら？　クリフト様はアミーナさんも誘ったけれど、宿屋の仕事があるからと彼女は断った。

というか、アミーナさんの狙いは、私とクリフト様を2人きりで出かけさせることなんだろうけど。もう、変な気遣いしてくれちゃって……嬉しいと言えば、嬉しいけどさ……。

「そういえば、聞きたいことがあるんだが、いいかな？」

「は、は！　なんでしょうか？」

最近の私はクリフト様の発言には、どうしても過剰に反応してしまう。

「はは、あんまり緊張しなくていいぞ」

「はい……努力いたします」

「うん。で、話を戻すが……桜庭亭の奥の調合設備についてなんだが」

「あそこですか。あの場所がどうかしましたか？」

「あの設備を拡張したら、さらに豊富なアイテムの作成が可能なのか？」

クリフト様の質問の意図は分からないけど……どうだろう？　確かに拡張の仕方によっては、魔法能力を含めたお札系……例えば、炎熱札や雷撃札みたいなものも作れるし、３大秘薬とされるエリクサーとかも調合できるかもしれないけど。

あとはエリキシル……いや、これはやめておこう。

「そうですね、調合できるアイテムは増えると思います」

「なるほど……あれだけのアイテムを揃えていても、さらに増やせるのか……君の錬金術士としての才能は底が見えないな」

「いえ、それほどでも……」

クリフト様は尊敬の眼差しで私を見ている気がする。褒《ほ》めてくれるのは嬉しいけれど、いえ、私もただの人間ですので、そんなに見つめられると照れちゃいますよ……。

「私が君を最初に選んだことは間違いではなかったようだな」

「えっ？　どういうことですか……？」

クリフト様が最初に選んだ？　確かに私は、１年くらい前にクリフト様の推薦で宮廷錬金術士になれたのだけど、そのことかしら？　詳細について伺おうとした時……。

「クリフト王子殿下！　アイラ！　いますか!?」

「何事だ？」

「アミーナさん？」

アミーナさんが血相を変えて、レストランに入って来た。全身汗だくだ。何があったのかしら？　嫌な予感がする。

「ど、どうしたんですか!?」

「あの……私の宿屋にユリウス殿下がお見えになっているの！」

「ユリウス殿下が？」

嫌な予感は確信に変わった。これは確実に良いことではないわね。


私とクリフト様は食事を中断して、レストランから桜庭亭に向かった。せっかくデート気分だったのに……状況が状況だけに、そんな冗談を言うことはできないけど。

「護衛の兵士……？　やっぱり、ユリウス殿下がいらしているの？」

私が桜庭亭で働いていることが知られたのかしら？　まあ、売り上げ的にはかなり有名になってるだろうから、仕方ないことだけど……。クリフト様の周囲は、常に何名かの護衛が警戒に当たっているけれど、ユリウス殿下にも護衛は付いてるのね。

「とりあえず、ユリウスの目的の確認が優先だな」

「はい、そうですね……」

私は緊張しながらも、兵士達の間を縫うようにして桜庭亭の中へと入った。

◆◇◆◇◆

「ど、どうなっている？　これは？」

「既に営業は終了しているようですね。それにしても……」

私は執事のオーフェンと共に、アイラの経営している店「エンゲージ」の前にいた。店とはいっても、カウンターを挟んで物を売っているだけのようだ……今は明かりも消えて、宿屋のみの経営になっているようだ。店は閉まっていたが、１人の従業員が待機していた。

見覚えのある人物だ……私ほどの人間が覚えているのだから、決して単なる平民ではないはず。おそらくは兄上の部下だったように思うぞ。

「貴様……貴族階級の者だな？」

「これはユリウス殿下、お久しぶりでございます。クリフト王子殿下にお仕えしている、ライハット・クレスタと申します。階級で申し上げますと、伯爵家に属しております」

伯爵家か、なかなか高位の貴族じゃないか。兄上の部下ということは、直属護衛隊の所属か。

我々、王子達には専用の護衛隊が配置されており、さまざまな任務についている。

「ライハット、何をしている？　ここは以前、宮廷錬金術士だったアイラ・ステイトの店だな？」

「はい、さようでございます。自分は、アイラ殿の店で接客の仕事をしております」

接客だと？　また兄上の遊びが始まったようだな。平民などに肩入れして……。まあいい、それよりも驚くのは、この店の品揃えだ。並んでいる薬の種類……どうなっているんだ？　風邪薬だけで5種類もあるぞ？　全て違う効果があるのか？

「アイラ殿の錬金術士としての才能でしょうか？」

「いや、そんなはずは……」

オーフェンも品揃えに驚きを隠せないようだ。

宮廷錬金術士として、アイラが宮殿内で活動していた頃よりも、明らかに薬の種類が増えている。このわずかな期間で上達したというのか？　それとも……今までは敢えて手を抜いていた？　5種類もの風邪薬は王家の倉庫にも保管されていなかったはずだ……。

「ライハット……貴様も調合を手伝っているのか？」

私は悔し紛れに、ライハットに質問する。彼は当然のように首を横に振った。

「自分に手伝えるはずがありません。私は接客のみをしており、調合はアイラ殿が1人で行っています。お客様からの質問は多岐にわたるため、薬の成分や効果などを覚えるだけでも大変ですよ、はははは っ」

「……！」

アイラが全ての調合を行っている？　あの女は一体、何者なんだ？　いや、私のところには3人もの宮廷錬金術士がいるのだ。大丈夫だ……焦る必要など全くない。彼女達なら、いずれこの程度のことは軽くこなせるようになるはずだ。

そのためには、ここにある薬を購入し、宮殿の最新設備を使って成分などを研究すればいい。そうすることで、完璧な複製品を大量に作って……。

「やはり、ユリウス殿下……久しぶりですね」

聞き覚えのある声が私の耳に入ってきた。

振り返ると、元宮廷錬金術士のアイラ・ステイトの姿があった。その後ろには兄上まで。なんだ？　緊張しているのか、私は？　手が自然と震えている。なにも恐れる必要などないはずだ。むしろ、これはチャンスだ。このタイミングでアイラと再会できたのだからな！

＊＊＊＊＊

「アイラか。それに、兄上も……」

「ユリウス」

久しぶりに見た気がするユリウス殿下の姿……とても狼狽《うろた》えているみたいだけど、なぜかしら？　隣にいるのは確か、執事さんだったっけ？　名前は忘れたけれど、何度か話したことがある。ライハットさんと同じ立場で、ユリウス殿下の側近にして執事。直属護衛隊の一員でもあるらしいわ。つまり、そこそこ腕が立つんでしょうね。

「ご無沙汰しております、ユリウス殿下。状況が状況ですので、簡単な挨拶でお許しください」

「あ、ああ……」

少しだけ皮肉も混ぜて挨拶をした。でも、意外とユリウス殿下は冷静というか、怒らなかった。

「それで、ご用件はなんでございますか？　ユリウス殿下が『エンゲージ』に来られる理由は特にないと思いますが？」

問い詰めているように聞こえるかもしれないけど、私の本音を言葉にしただけ。

３人も宮廷錬金術士が誕生したんだし、今さら私に用はないはず。まさか、ここで商売をしていることを咎《とが》めに来たとも考えにくいし……本当に何の目的で来たんだろう？　ライハットさんも困ったような顔をしている。本当の用事は桜庭亭の方にあるのかしら？　いや、それだったら、アミーナさんが私達を呼びに来たりしないか。

「ユリウス、何をしに来たのだ？　今さらお前がアイラに用事があるとは思えないのだが」

私をフォローしてか、クリフト様が口を開いた。ユリウス殿下と隣の執事さんの表情はさらに重く変化していた。

「か、買い物に来たのだ！　桜庭亭の薬屋の噂を耳にしたのでな！　そうだろう、オーフェン？」

ユリウス殿下は、明らかに強調するように話し出す。そう、オーフェンって名前だったわね、この人は。

「え、ええ……そうですね……」

ユリウス殿下ほどあからさまではないけど、オーフェンも焦っているような……。ていうか、なんでわざわざ嘘をつくのかしら？　私にはそれが本当に分からなかった。

＊＊＊＊＊

ぬうう！　アイラの質問に、咄嗟《とっさ》に嘘をついてしまったではないか！　いや、買いに来たというのは嘘ではないのだが。しかし、品揃えがすごいという噂を耳にして見に来たが、想像以上にすごかった、なんて言えるものか！

「この……風邪薬が5種類もあるのはどういうわけなのだ？」

とりあえず、情報を仕入れるために質問をする。なんとしてもアイラから秘密を奪わなければ……アイラが一般人になったので、営業停止などは事実上不可能。しかも兄上が協力している以上、さらに無理だ。おそらく宮殿の素材はこの店に流れたのだろうが、そこを指摘してもたかが知れている。

こんな平民の女如《ごと》きに私が後れを取ることなど許されないのだ！

「風邪薬ですか？　それはものによって効果が違いますから。鼻水を止めるのだったり、熱を下げるのだったり」

「そんなに細かい調整まで……」

まさか、そこまでのことができるとは……。

「設備が強化されれば、さらに細かくできるんですが、その辺りは追々《おいおい》……」

「お前は宮殿の最新設備を使っていたではないか。あの時は手を抜いていたのか？」

「いえ、そういうわけではないです。ただ、そこまで細かい注文がなかったので、大雑把《おおざっぱ》に種類分けをしていただけです。今は、一般のお客さん相手で、細かい要望とかも多いので……」

「……そういうことか」

確かに、宮殿では宮廷錬金術士に細かく要望することはなかったはず。だからアイラも細かくは分けなかったのか……いや、大雑把に分けてもあれだけのレシピがあったのか？　今のアイラが宮殿の最新設備を使ったら、どうなってしまうんだ？

いや違う、考え方を変えるんだ。私がここに来た理由……そう、テレーズ達3人の宮廷錬金術士の能力を向上させるためだ。アイテムを細かく種類分けしたところで、需要がなくては意味がない。

宮殿内ではそこまで細かな需要はないからな……そうだ、まずはこの娘の技術を少しでも盗むんだ。よし、とりあえず買い占めていくか。

「済まないが、アイラ。営業時間は終わっているようだが、特別に薬を売ってくれないか？」

「えっ？　でも、もう営業時間は終わっていますので、明日にしてもらえますか？」

驚くほど、あっさりと断られた。私は第二王子だぞ!?　くそ……兄上が近くにいるから調子に乗っているのか？　この女……ちょっと錬金術の腕が立つからと。私の配下である3人の宮廷錬金術士の方がすぐに上に行くのだからな！

「もう夜も遅いですし……お泊りでしたら、隣に最高の宿屋がありますので！」

「なに……？」

私はアイラが指さす方向に目をやった。あれは……最初に私がここに来た時に、大慌てで店から出て行った女か。確かアミーナとかいう。元気よく手を振っているではないか！

「お泊りでしたら、どうぞ桜庭亭へ！　裏には温泉もありますので、くつろげると思いますよ」

なんなんだ、このコンビネーションは。まるで、最初から仕組まれていたかのようだ……忌々しいが、宮殿に戻ってまた来たのでは、どことなく間抜けに見えてしまう。

結局、その日、私はそのまま桜庭亭に泊まることになったのだ。部屋の質や食事については、まあまあだったとだけ言っておこう。くそ、なんだか調子が狂ってしまうぞ……。


「いい目覚めだ……」

朝日が昇っている……私は片手にコーヒーの入ったカップを持ち、晴れた空を見上げていた。晴れ晴れとした気分だ、些細な悩みなど忘れてしまいそうになるほどに……。

いや、待て……違うぞ。ここは宮殿にある私室ではなく、宿屋「桜庭亭」の一室だ。昨日は半ば強引にこの部屋へと案内されたのだった！　私は何を勘違いしているのだ！

気を取り直した私は、執事のオーフェンを呼ぶことにした。

「オーフェン、いないのか？」

奴は隣の部屋に泊まっている。私はその扉をノックした。どうやらいないようだ……どこに行ったのだ？

「ユリウス殿下、おはようございます。オーフェンさんでしたら、もう起きていらっしゃいますわ。下の階でアイラと話しておりましたが……」

「ふん、そういうことか……」

「朝食のご用意ができておりますので、よろしければ食堂へもお越しくださいましね」

「……ふん」

知らせを持ってきたのは、兵士達ではなく、宿屋のオーナーを務めている女だった。名をアミーナ・フォスター……今は未亡人とのことだが、料理はこの女が作っているらしいな。昨日の夕食はそれなりの味ではあったが。

「とにかく、私の目的はアイラの店の薬でしかない」

「さようでございますか……残念に思います」

どちらにしても、下賤な平民風情《ふぜい》、気を許す必要などない存在だ……私は用件さえ済ませれば、宮殿に戻り、より豪華な生活が可能なのだからな。

◆◇◆◇◆

「疲れ目にはこの専用目薬、単純な渇き目にはこちらの目薬で十分かと思います」

「なんと……目薬にまで複数の効果を持たせ、錬金できるとは……！」

店が開店した直後に訪れたのは、ユリウス殿下の執事であるオーフェンさんだった。彼自身は特に購入する予定はないみたいだけど、薬の特徴について聞いてきた。私の手が離せなくなったので、他のお客さんへの商品の販売は、ライハットさんに任せている。

でも、今日はお客さんが少なくて助かったわ。昨日の騒動？　が原因で、少しだけ客足が遠のいたのかもしれない。長い目で見れば、王子殿下が訪れた店ってことでさらに集客できそうだし、いいことかも。この機会を利用させてもらわないと。

なんせ、ユリウス殿下には私が宮廷錬金術士として働いていた時の報酬もかっさらわれたからね。かっさらわれたというか、宮殿の金庫にあった私の報酬が追放の過程で有耶無耶《うやむや》になっているというか……。まあ、クリフト様に頼めばすぐに解決すると思うけど。今は薬屋経営で忙しいから考えないようにしていた。

「見たところ、冒険者用の薬が多いようだが」

「はい、そうですね。桜庭亭は冒険者御用達《ごようたし》の宿屋でもありますし」

確かに冒険者用の回復薬や攻撃系ポーションの種類は豊富ね。今は一般用の薬も増えているけど。まだ設備の拡張はしていないのに、ここまで種類を豊富にできるなんて思ってなかった。さらに別の薬や調合過程が短くなったりしたら、コストパフォーマンスがすごいことになりそう……そろそろ、設備拡張をお願いしてみようかな？

「ユリウス殿下がお越しになったら、目薬や風邪薬を中心に購入されると思う。今のうちに、包んでおいてくれないか？」

「……」

なんだか変な感じ……。オーフェンさんが悪いわけではないけど。私はユリウス殿下に宮殿から追放された身……。

売らないわけじゃないけれど、頼み方っていうのがあると思う。私は今になって、そんなことを考え始めていた。私が無言になっていると、オーフェンさんは戸惑った表情を見せた。

なんとなく、私の気持ちが伝わったのかもしれない。それから……そのタイミングでユリウス殿下が現れた。

「アイラ、目薬と風邪薬、それから初級回復薬から上級回復薬までを、まずはもらおうか」

ユリウス殿下は私と目が合うと同時に話し始めた。悪びれる様子もなく……。

「ええと、目薬3種類に、風邪薬系5種類、あとは初級回復薬に中級回復薬、上級回復薬ですね……数はそれぞれ、1つずつでいいですか？」

「1つずつで構わん。あと、ダークポーションとマインドポーション、ポイズンポーションももらおう」

「かしこまりました」

私は薬を袋詰めにして、オーフェンさんに手渡した。彼は、私に対して小さく頭を下げた。

せめてこのくらい謙虚な態度をとってくれれば、私の中の感情も小さくなりそうなのに。

「よしよし、代金はこれで十分に足りるな？　お釣りは特別に勘弁してやろう」

「はあ……毎度、ありがとうございます」

お釣りはいらない、か。それをするなら、私の、宮廷錬金術士としての給料を全額返しても
らえないかな？　まあ、このどうしようもない人に言ってもしょうがない。やっぱりクリフト
様を通した方がよさそうね。

「でも……3人も宮廷錬金術士を従えているユリウス第二王子殿下様が、今さらクビになった
私の薬を欲しがるなんて、どういう風の吹き回しですか？」

「ぬ……そ、それは……！」

明らかに狼狽えているユリウス殿下。これは怪しいわね……。

「虫唾が走る平民ですよ、私は。そんな私の薬なんて、手元に置いておくのも嫌なんじゃ？」

私は皮肉を混ぜて、以前ユリウス殿下に言われたことを復唱してみせた。ユリウス殿下の心
の中が読めるわ……相当、怒ってるわね。その証拠に、眉間にしわが寄ってる。

「心配するな、アイラ。これは私の手元に置くのではなく、宮廷錬金術士達の手に渡る予定だ

からな。なにも問題はない」

ユリウス殿下なりの必死の返答といったところかしら？　でも、墓穴を掘ったわね。

「なるほど、宮廷錬金術士のところへ行くんですね」

「その通りだ、これで私が選んだ宮廷錬金術士の実力はさらに増すだろう！　ふははははっ」

「そうなんですね、なるほど……」

ってことは、現在の宮廷錬金術士は、私ほど多数のアイテムを作れないってことよね？

「それがユリウス殿下の計画ってわけですか？」

「計画？　なんのことかな？」

「……」

さっきの仕返しのつもりなのか、皮肉めいた口調でとぼけている。まあ、ユリウス殿下が答えなくとも予想はできる。たぶん、私の薬を最新設備で解析して、貴族の錬金術士達に作らせる……それらを王族や貴族に供給したり、街の専門店で販売したりして、利益を上げるつもりなんでしょうね。

ユリウス殿下は私を追放して、新しい宮廷錬金術士を採用したのはいいけれど、思ったほど成果が出なくて、議会などから突っ込みを入れられてるんじゃないかな？　私の追放を承認した人達は、以前と同等以上の成果を期待するはずだから。

それにしても……私の後釜《あとがま》の錬金術士は何種類くらいのアイテムを作れるのかしら？　私には及ばないとしても、私の店に頼らないといけないほど、少ない薬しか作れないとは思えない。最新設備があるわけだから、そこそこの種類は作れるはず。

議会などからの圧力が想像以上に厳しいとか？　いや、第二王子相手にそんなことできないか……よく分からないわ。

ユリウス殿下は私が手渡したアイテム類を見ながらほくそ笑んでいる。

「よしよし、これだけあれば……ではな、アイラよ。兄上によろしく言っておいてくれ。私は朝食を済ませたら、すぐに戻らなくてはならないのでな！」

「はあ……分かりました……」

「それでは、私もこの辺りで。あなたのお店は素晴らしい品揃えかと思います。今後の発展を心から期待いたします」

オーフェンさんは私に深々と頭を下げた。……発展を期待してくれるなら、宮廷錬金術士をクビにしないで欲しかったけどね。でも、宮殿での仕事よりも、一般の人と触れ合える今の方が充実してると思う。クリフト様とも親しくなれてるし……ふふふ。

ユリウス殿下とオーフェンさんは、買い物を終えて宿屋の食堂に行った。っていうか、朝食は食べていくんだ……王族なのに。

◆◇◆◇◆

「ふははは。これだけの薬があれば、テレーズ達にとっても大きな躍進のきっかけになるだろう」

「そうですね。今回購入したアイテムは14種類……これらの解析を急がねば」

私の隣でオーフェンも同意している。そうだ……議会の貴族達からも、成果を急ぐようにと、秘密裏に言われているんだった。しかし、これだけのアイテムを作ることができれば、王国にもたらす利益は相当なものになるはずだ！

私は早速、アイラの店「エンゲージ」で買ってきた薬をテレーズに見せる。

「ユリウス殿下……この薬は一体……」

「うむ、私がとある店から購入してきた代物だ」

「一つのお店からですか……？　これだけの種類を……？」

「そうだな、一つの店からの購入ではある」

現在、目薬と風邪薬、初級と中級回復薬の4種類のアイテムを作れるテレーズも驚いている。

それはそうだろう……目の前にあるのは14種類ものアイテム群なのだから。一体、何人の薬士を雇っている店なのか？　と驚いているに違いない。

「もしかして……これは、以前の宮廷錬金術士の方がお作りになったのでは？」

「ほう、なぜそう思うんだ？」

「なんとなく……私達が見た調合レシピに、配合比率が似ているような気がいたしまして」

　さすがはテレーズ。薬を見ただけで看破するとは。

「うむ、その通りだ。これらは以前の宮廷錬金術士であるアイラ・ステイトの作品だ」

「やはりそうでしたか……たった1人で14種類ものアイテムを作るなんて……」

　テレーズはどこか浮かない顔をしている。全く何を言うのか……お前だって4種類のアイテムが作れるではないか。これらを解析して最新設備と併用、さらに残り2名の宮廷錬金術士と組んで仕事に励めば、あんな平民ごとき、恐れる相手ではないだろう？

　私はそっとテレーズの肩を抱いてやった。

「お前なら必ず、あのアイラ・ステイトを超えられると確信しているぞ。私はお前を信じているからな」

「ユリウス殿下……かしこまりました。精一杯、努力いたします。ご期待に添えるように」

　そう言うと、テレーズは調合室の奥へと消えていった。あの気概……大したものだ。それにあの美貌だ。エメラルドグリーンの美しい宝石のような瞳に、毛先を内巻きにしたダークブラウンのロングヘアー……スリーサイズも90、60、87という素晴らしいものと聞いている。私の将来の妻にふさわしいだろう。

「ユリウス殿下……彼女達は、アイラ殿を超えることができるのでしょうか？」

「何を言っているんだ、オーフェン。テレーズのあの顔つきを見ただろう？　あんな下賤な平民風情に負けるものか。私の計画は必ず上手くいくと確信しているぞ」

「さようでございますか……」

オーフェンの表情はどこか硬い。私の将来の妻があそこまでの覚悟を決めているのだ。それを称賛しなくてどうする？

「それにしても、アイラ・ステイト……彼女は一体、何者なのでしょうか？　これだけのアイテムを苦もなく調合できる技量……とても信じられません」

「どういうことだ？」

「特別な錬金術の大会で優勝した、などという実績があるわけでもありません。クリフト王子殿下から伺った情報によると、彼女は故郷の田舎町で師匠である薬士から教えを受けていただけ、ということです」

「ほう、そうだったのか」

そうなると、その師匠がすごいのか？　アイラ自身は、ただの小娘にしか見えんが……。

「アイラ殿の師匠は、普通の薬士であることは確認がとれております。多少、腕は立つようですが、噂ではその師匠をわずか1週間で超えてしまったとか」

「1週間だと？」

全く知識がない状態から、少しは薬士として腕の立つ師匠の技量を1週間で超えたというのか？　いや、まさかな……。

「真偽は定かではありませんが……もしも事実であった場合、アイラ殿の才能はとてつもない可能性があります」

才能……その言葉に、少しだけ不安がよぎった。

「もしも彼女の才能が現状に留まらず、上限なくさまざまなアイテム調合を可能にしていくのだとすれば……それはもはや、人間業とは思えないですね……」

「オーフェンも面白いことを言うのだな。では、あの小娘は機械人形だとでも言うのか？」

人間業とは思えないほどの錬金術の才能の持ち主となると、機械人形である方がしっくりくるというものだ。宮殿の最新設備以上の才能を持つ存在……ははは、まあそんな機械人形など、現在の技術で作れるわけはないがな。

それに、あそこまで感情を出しているのだ。アイラ・ステイトが、人間であることは間違いないだろう。

「いえ、そういう意味ではありませんが……ただ、彼女の才能には人間の枠を超えた何かがありそうだと思っただけです」

本当に今日のオーフェンは面白いことを言うな。頭の中がお花畑になっている輩《やから》のようだ。アイラ・ステイトなどただの錬金術士の1人に過ぎないはずだ。私は頭を切り替え、確実な勝利に向けて構想を練ることにした。

◆◇◆◇◆

「少しだけ、調合室の設備を拡張できたな」

「すみません、クリフト様……こんなことを頼んでしまって」

「気にすることはないさ。これでも、宮殿の最新設備と比較すると天地の差があるからな」

クリフト様は設備拡張についても、私に何かを要求する素振りは見せなかった。

「これで、アイテムの量産と、種類を増やすのが楽になったのではないか？」

「そうですね、以前よりも楽になったと思います」

アミーナさんの宿屋内でお店を始めてから1カ月も経っていないけど、かなり良い経営状態になりつつあった。作れるアイテムは、風邪薬5種類に目薬3種類、初級から上級回復薬の3

種類と、ダークポーションにマインドポーション、ポイズンポーションの状態付与系3種類。

それに毒消し薬、暗闇消し薬、精神異常回復薬、呪い回復薬の4種類に、火炎瓶、氷結瓶、雷撃瓶の攻撃アイテム3種類。今の時点で21種類のアイテム精製が可能だった。

「設備拡張前の段階で21種類を作成か。信じられない……1人でここまでの種類のアイテムが作成できる錬金術士は、我が国には当然いないとして、他国にも存在するか分からないぞ？」

「あ、ありがとうございます……どうなんでしょうね」

クリフト様からの賞賛の言葉は素直に嬉しい。普通の薬士は1～2種類が精製できれば十分って言われてるもんね。だから、需要に合わせた薬士の調達は非常に重要で、冒険者ギルドにも薬士の求人があるくらいだし。

そういう意味では、複数のアイテムが精製可能な錬金術士はさらに貴重。……あんまり言いたくはなかったけれど、私って天才なのかも。今回の設備拡張でさらにアイテムの種類が増えそうだしね！　お札系とか色々……。

「それから、アイラ。未払いの君の給料については、後ほど、必ず渡すから心配しないでくれ。あと、素材の支給と設備拡張、アイテムの容器の供給については、給料の支払いが遅れたことに対するお詫びと思ってくれて構わない」

えっ？　それって、遠回しに料金を払うなって言っているの？　私も結構、儲《もう》けてきたし、払えなくはない。でも、クリフト様の目はその辺りも含んでのセリフだと物語っていた。

「クリフト様。しかし、それはいくらなんでも……」

「気にしないでくれ、アイラ。私がやりたくてしていることさ」

それ以上は何も言えなかった。何よりも、クリフト様の善意を無駄にはしたくなかったから。

私は彼の言葉に甘えることにした。

どのみち、クリフト様ばかりに頼るわけにはいかないので、もう少し売り上げに余裕が出てきたら、独自のルートも開拓していくけどね。

◆◇◆◇◆

「というわけで、こんな感じでいいかな？　……おお、なかなか目立つじゃないか、わっはっは」

調合室が拡張されてから数日後。私は首都リンクスタッドの冒険者ギルドを訪れていた。

「ありがとう、サイモンさん。こんなに大きく、依頼の張り紙を貼らせてもらって」

「な〜に、気にすることはねぇよ。依頼してくる奴は大勢いるんだからよ」

「いや、でも、こんな特別席みたいなところに……」

私はギルドに素材調達の依頼をしに来たのだ。

クリフト様ばかりに頼らず、冒険者を通しての素材供給ルートも確保しておこうと思ったのが始まりなんだけど。

そしたら、目の前にいるリンクスタッドのギルド長のサイモンさんが、通常の依頼板とは違うところに張り出すことを許してくれた。そこは国家依頼とか、特別な依頼が集約されている掲示板だった。必然的に信頼の置ける、凄腕の冒険者達の目に留まることになるわけだけど……。

「ほ、本当にいいの？　私みたいな小娘の依頼を、ここに張らせてもらって……」

「当たり前じゃねぇか。嬢ちゃんの店は、ギルドに出入りする奴らの間でも評判なんだぜ？　たった1カ月ちょいで、大したもんだよ。嬢ちゃんが必要な素材が集まることは、冒険者達にとってもありがたい話だろ？　特別枠の依頼として出しても、誰も文句なんか言わねぇよ」

「そ、そうなのかな……？」

「そりゃそうだ！　大船に乗ったつもりでいな！　はっはっはっ！」

大柄なサイモンさんは、大きな身振りで豪快に笑った。私も彼に合わせてぎこちなく笑う。

本当にありがたいわ……まさか、特別枠の依頼として掲示してくれるなんて！

よ、よ〜〜し、今まで以上に調合を頑張っちゃうんだから！　ギルドに出入りする冒険者のためにもなるし、私の儲けにも繋《つな》がるしね！

◆◇◆◇◆

「ここにいたか、ユリウス」

「兄上か……」

宮殿内の私の部屋を訪れたのは、クリフト第一王子だった。このタイミングで現れるとは、少し予想外だ。一体、何の用だろうか？

「どうしたのだ、兄上？　弟の機嫌を取りに来たわけでもあるまい？」

「はは、ユリウス。相変わらずだな」

私と兄上は昔から仲が良くはなかった。いや……子供の頃はそうでもなかったか？　王位継承権争いなどの話が周りから聞こえてきた辺りから、兄上のことが疎《うと》ましくなっていったのだったな。

平民にもやさしく接する理想の王子……兄上がどの程度、それを本気でやっているかは分からないが、私にはそのスローガンが好きではなかった。平民は我々が生かしてやっている家畜……そのように、真逆の考えを持つようになったのもその頃からか。

1年前、兄上がアイラ・ステイトを宮廷錬金術士として推薦した時のことは、今でもはっきりと覚えている……ふざけるな！　と心底、吠《ほ》えてやりたかったよ。

「テレーズ嬢達の首尾はどうだ？　大丈夫なのか？」

やはりその話題か。アイラを追放したことに言及しないのは、余裕の表れか？

「休養は適宜とるように言ってある。この私が、そんなところをはき違えるわけがないだろう？」

「そうだったな。貴族至上主義のお前に聞くことではなかった」

「ふんっ」

貴族至上主義か……確かに的を射ている。平民の上に立つ存在は、そのくらいの気構えがなくては成り立たんのだ。兄上は甘すぎる。

「テレーズ嬢がお気に入りなんだろう？　将来の約束もしているのか？」

「どうだろうな。まあ、侯爵令嬢の彼女ならば、私にふさわしいだろ？」

「ああ、そうかもしれないな」

「兄上はどうなのだ？　まさかとは思うが、アイラを妻に迎える……とでも言うつもりか？」

「……」

無言だと？　まさかとは思うが……アイラ・ステイトは完全なる平民出のはずだ。いくら錬金術の才能に恵まれていたとしても、そんなことをすればホーミング家、始まって以来のことになる。

「ところで、錬金術の方はどうだ？　作れる薬の種類は増えたか？」

「はは、当たり前だろ？　アイラのレシピノートと、先日購入したアイテム類の解析で、すぐにノルマ分は達成できるよ」

アイラの書き殴っていたノートの解析も終了していた。レシピノートというよりは、いくつものアイテムの配合比率などを書いていたようだが……参考になっているだろう。そして、最新設備を使っての解析も進んでいる。これで議会が出してきた調合のノルマは十分に達成できるはずだ。

なにやら、兄上がため息をついているが……はは、負け惜しみでも言いたいのかな？　まあ、最終的に勝つのはこのユリウス様だからな。

◆◇◆◇◆

「ま、こんなもんかな？」

私はギルドから帰った後、十分な量と思われるアイテムを精製していた。サイモンさんの善意を受けて、やる気がアップしたというのもあるけど……設備を拡張したおかげで、一度に多くの薬が作れるようになったし。

「しかし、すごいですね、本当に……」

お手伝いをしてくれているライハットさんが、調合室の様子を見に来た。彼がここにいるっていうことは、今はお客さんがいないってことよね？

「あはは、ありがとうございます。でも、大したことありませんよ」

面と向かって言われると照れてしまう。だから、ついつい謙虚な言い回しになってしまった。

「いえいえ、これだけのアイテムを作り、しかも同じ種類のアイテムでも効果・効能を微妙に変えることができる人物は、この王国にはおそらくいないでしょう」

「でも、村々で活躍する無名の薬士……いえ、錬金術士も意外と多いとも聞きますし」

いわゆる取りこぼし、スカウトミスっていうやつね。それとは別に、現在進行形で優秀な錬金術士が誕生しているかもしれないし。もともとは魔導士の攻撃、防御、回復魔法技術が先行していたから、錬金術士や薬士は軽視されていたしね。

注目され始めたのは、ここ十数年くらいのことじゃないかな？　たぶん。

でも、１０００年くらい前には、錬金術を中心とした国家がこの辺り全体を仕切っていたっていうおとぎ話があった気がする。

「確かに、スカウト漏《も》れの錬金術士はいるかもしれませんが、それでもアイラ殿ほどの錬金術士はいないと断言できますよ。あなたならトップレベルの冒険者チームに入っても十分に仕事をこなせそうだ」

「それは、どうですかね……」

それってつまり、最高クラスの魔導士にも負けない活躍ができるかもってこと？　まあ、戦闘には参加できないから、完全に街の固定砲台みたいにはなっちゃいそうだけどね。パーティに必要なアイテムを作りまくるみたいな。でも、それはそれで面白そうかな。

「私もクリフト様の傍に仕える身……あなたの追放については何もできなかった加害者です。こんなことが言える立場ではありませんが……アイラ殿が楽しそうで良かった」

この人、もしかして私のことを口説いてる？　なんだか恥ずかしい言葉のような……でも、とても嬉しい言葉でもあった。さすがにクリフト様の側近の一人というだけあって、なんだかかっこいいような。

「追放のことは気にしないでください。クリフト様にも言いました、今は、とても充実しています」

私はライハットさんに自分の素直な気持ちを伝えた。

「なるほど、それは何よりです。これで、クリフト王子殿下と婚約ともなれば、とても喜ばしいのですが……」

「……？」

言いにくいのか、よく聞こえなかったけれど……まあ、悪い気分じゃないし、今はいいかな。

◆◇◆◇◆

「毎度、ありがとうございます」

「いや～～、マジですごいな！　ここは品揃えも効果も抜群だし！　なああ、姉ちゃん！　俺達の専属薬士にならないか？　給料は弾むぜ？」

それなりに有名らしい冒険者から勧誘を受けてしまった。軽いノリだけど、悪い人じゃないっていうのは周囲の人からの評価で知っている。アミーナさんとも仲が良いみたいだし。

「あははは、ありがたいお話ですけど『エンゲージ』の経営がありますので……」

「ま、それもそうか……でも、気が向いたらいつでも歓迎だぜ！」

そう言いながら、妙にテンションの高い冒険者さんは桜庭亭をあとにした。彼はレッグ・ターナーさん。冒険者としては結構有名みたい。

最近、よく来てくれる常連さんで冒険者の稼ぎで奥さんと子供5人を余裕で育てているんだとか。まだ35歳らしいけど、子供5人の父親か。苦労していそうね。

以前にレッグさんの強さを賞賛したことがあるけど、「いやいや、俺なんてまだまだだぜ？　冒険者の世界には、パーティを組まなくても最強クラスの奴だっているくらいなんだ」と言っていたっけ。

冒険者の世界も奥が深そうね……とりあえず、パーティを組むのが基本だということは分かった。いつか冒険者について勉強してみようかな？　お客さんはやっぱり冒険者関連の人が多いから、売り上げ向上に繋がるだろうし。

私の隣ではライハットさんが、在庫のチェックをしていた。

「そういえば、今日はライハットさんに給料をお渡しする日でしたね」

「よしてください、アイラ殿……我々はまだ、あなたへの給料もお渡しできていないのに」

「いえいえ、それは後ほど、クリフト様からいただけるようですので。これは私からの気持ちでもあります。ぜひ、お納めください」

「いえ、あなたへの給料をお渡しするまで、いただくことなどできません！　それに、ここ とは別に、王国からは給料を得ている身ですので……」

「いえいえ、それでは私の気が済みませんから！」

「いえいえ、あまりに悪いです！」

よく分からない押し問答が店頭で繰り広げられた。買い物に来ていたお客さんは、苦笑いしている。


そんな状態だったけれど、高貴な印象のある方が従者を連れて来ているみたいだった。

私とライハットさんは無用な押し問答を中断し、お客さんに集中した。

「いらっしゃいませ、どういったものをお探しでしょうか？」

貴族令嬢かな？　店の商品を見て驚いているみたい。

「これは全て、あなたのお店の商品なのかしら？」

「ええ、まあ……そうですけれど」

「一体、何人の薬士を雇っているの……？　20人くらい居るのかしら？」

「いえ……調合をしているのは、私1人です」

とりあえず事実を伝えたけれど、貴族令嬢はさらに驚いた表情になった。

「そんなことあり得ないわ！　だって、私達の誇る宮廷錬金術士の方々は、こんなに作れないもの！　嘘をつくんじゃありませんよ!?　平民のくせに！」

「いえ……別に、嘘なんてついてないですけど……」

私の言葉が信じられないのか、いきなり癇癪を起こし始めた……どう対処しようか？　ていうか、宮殿の宮廷錬金術士はもしかして、調合に相当苦戦しているの？

「いいこと？　私達貴族でも、これほどのアイテム類は見たことがないのよ？」

「はあ、そうなんですね」

「その小馬鹿にしたような発言は何かしら？　不敬罪で訴えてもいいのよ？」

やれるものならやってみてください、とは言わないでおく。この程度で不敬罪が成立するなら、従業員のライハットさんとの間で、とっくに成立している。彼は伯爵令息だから。

もっと言えば、クリフト様との間でも成立していてもおかしくないわね。目の前の貴族令嬢、通称お客令嬢は、自分が見たことない世界に戸惑っているだけに見えるし。

「……私は、少し前まで宮廷錬金術士として宮殿で働いていたんです。ご存じないですか？」

結構、有名な話だと思っていたけど、知らないのかしら？　ま、いいか。その時はそこまで多くの種類は作っていなかったけど、それでも10種類は作っていたような。

「あなたがまさか……あの平民出で宮殿で仕事に就いたって、貴族街でちょっとした噂になっていた！」

「たぶん、それですね」

「！　そんな人が、こんなところに！」

お客令嬢は度肝を抜かれたのか、両手で口を隠すような仕草をして急に黙り込んでしまった。

当時、私は貴族街への出入りも可能だったけれど、住む世界が違うような気がして、あんまり出入りはしていなかった。だから、私の顔を知らなくても無理はないわね。

論破した雰囲気になっているのか、隣のライハットさんは苦笑いになっている。

差別的な発言が続くようなら、仲裁に入ってくれるつもりだったんだろう。宿のカウンターで待機しているアミーナさんも、安心した表情になっていた。陰ながら見守ってくれていたのね、感謝しなきゃ。

「それで、ちょっと聞きたいんですけど」

「な、何かしら……？」

「宮殿には３人の宮廷錬金術士がいると聞いています。その方々は、どういったアイテムを作れているのでしょうか？」

私はそこに、以前から興味があった。クリフト様にもあえて言ってはいないけど、３人もの宮廷錬金術士が現れて、一斉に最新設備で調合を開始した場合、私のお店からするとライバル店になるかもしれないと思えたから。

宮殿で作ったものは、あまり市場に出回ることはないけど、それでも興味は尽きなかった。だから私は、お客令嬢の次の言葉が、何気に待ち遠しかったりする。

そして、彼女はゆっくりと口を開いた——。

◆◇◆◇◆

「どういうことなのだ？」

「も、申し訳ありません……ユリウス殿下！」

私は最新設備を誇る宮殿内の調合室に入っていた。侯爵令嬢であるテレーズに急きょ、呼び出されたからだ。私の隣には、執事のオーフェンと、兄上の姿もあった。

「謝罪をする必要はない、テレーズ。私は別に怒っているわけではないからな。一体、何があったんだ、と聞いているだけだ」

「は、はい、失礼いたしました」

「うむ、それで？」

取り乱した態度のテレーズを、まずは落ち着かせ、呼び出しの理由を聞いた。

「はい……ユリウス殿下のおっしゃった、今月末までのノルマなのですが」

「ああ、ノルマのことか」

ノルマは、アイラを追放し、３人の宮廷錬金術士を入れたことにより発生したものだ。議会を通して決められた忌々しいノルマではあるが、兄上ですら取り消せない速度でアイラを追放したからな。当然、しわ寄せも出てくるというものだ。

「確か、ユリウス、アイテム10種類の調合だったな？」

「そうだ、兄上」

兄上の質問に私は頷いた。テレーズを含めた３人の宮廷錬金術士による調合……アイラのレシピとアイラの店から持ってきたアイテム類があれば、確実に達成できるはずだが。

「アイラ・ステイト様の調合した薬のレベルが非常に高く、解析しても私達では完成まで持っていくことができません！　このままでは10種類のアイテム調合に届かない可能性があるかと思われます！」

「なん……だと？」

私はテレーズの言葉の意味が理解できなかった。隣に立っているオーフェンや兄上ですら、テレーズのその報告に、驚きの表情を見せていた。そんな馬鹿なことがあるはずは！

「本当に申し訳ございません！　ユリウス殿下！」

テレーズは瞳に涙を浮かべて頭を下げた。なんということだ、アイラ・ステイトの調合した薬を最新設備で模倣しようと画策したが、それすら不可能なレベルだったとは！

「テレーズよ」

「は、はい、ユリウス殿下」

「ノルマは10種類だが、現在、どの程度であれば調合可能なのだ？」

「はい……初級回復薬、中級回復薬、目薬2種類、毒消し薬、暗闇回復薬、風邪薬1種類の合計7種類であればなんとか……」

7種類か……少ない。それでは、議会の連中を納得させるのは難しいだろう。アイラが調合したアイテムをそのままテレーズが調合したことにすれば、とも考えたが、そんなことをしてもすぐにバレてしまう。

しかし、7種類だ。7種類のアイテム調合を可能にしているのだ。決して、テレーズ達が錬金術士としてレベルが低いわけではないはず。私はある種の願望に近い感情に支配されていた。

「アイラと競い合うことでもあるまい。いい加減、諦《あきら》めたらどうだ？　ユリウス」

「兄上……！」

兄上は、どことなく勝ち誇ったように見える。自らが推薦した宮廷錬金術士の方が才能があった、と言いたいのだろうな。こちらは、テレーズだけではなく、他に2人の錬金術士を合わせて、ようやく現在までで7種類だからな。

「アイラ・ステイトの才能がそんなに嬉しいのか？　兄上」

「何を言っている？」

「はっ、とぼけても無駄だよ、兄上」

兄上は心の底で私の失態を願っているはずだ。

今後の王位継承権争いにも影響してくるからな。私達の父上の後継者には、宮廷錬金術士として、アイラ・ステイトを推薦した実績のある兄上が有利になる。ここで私が今月末までにアイテム調合のノルマを達成できなければ、さらに不利になってしまう……。

「ユリウス……何を勘違いしているのか分からないが、あまり気負いすぎるなよ？」

「ふん、余裕だな、兄上。だが、私にも切り札はあるのだよ」

「切り札？」

おや、兄上の顔色が変わったぞ。ふふふ、やはり気になるようだな。そう、私は念には念を入れる主義なのだ。万が一のことを考え、オーフェンに伝えていることがある。

「オーフェン、選定は完了しているな？」

「は、はい……ユリウス殿下」

「よし、ならば早速、呼び出すのだ。私の部屋に来るように伝えろ。既にリンクスタッドにいるのだろう？」

「確かにリンクスタッドの宿屋に泊まっているかと思いますが……本当に呼ぶのですか？」

「当たり前だ、何としてもノルマは達成しなければならん」

「……かしこまりました」

オーフェンは私と兄上に頭を下げ、そのまま去って行った。さて、ここからが本番だ。

「兄上、勝った気でいられるのも今のうちだぞ？」

「勝負をしていたのか、私達は？　オーフェンはどこへ行ったのだ？」

「くく……取りこぼしていた才能を呼びに行ってるんだよ」

「なに？　それは、まさか……」

その通り。我が王国の各地に存在する金の卵達。私はその中でも、おそらくは最高の存在を既に発見しているのだ。平民ではあるが、その地域では恐ろしい才能として有名だった。テレーズ達だけでは届かないのだから仕方がない。

ノルマ達成のために、私は平民を宮廷錬金術士にする準備を進めていた。もはや、この手しかないのだから……。まあ、平民とはいっても富豪平民だから、アイラとは全く違う人種だ。

3章　錬金勝負

「新しい錬金術士ですか？」

「ああ、その通りだ。しかも、かなり優秀な子でな。年齢は君と同じく17歳だ」

いつも通り、薬屋「エンゲージ」で仕事をしていると、様子を見に来てくれたクリフト様から、興味深い話を聞かされた。最近、宮殿に新しい宮廷錬金術士が来たみたいだ。

「私と同じ、17歳の女の子……辺境地でスカウトミスになっていた子ってことですよね？」

「そういうことになるな」

そんな子が、ユリウス殿下の推薦で宮廷錬金術士になったというの？　才能はあるんだろうけど、ちょっと信じられないというか。

「平民の子ですよね？」

「そ、そうだな……うん、平民の女性になる」

クリフト様は少しだけ言いにくそうにしていた。たぶん、私に気を遣ってのことだと思うけど。まあ、「エンゲージ」も順調に売り上げを伸ばしているし、とても楽しく経営しているから、今さら文句を言うつもりはないけど……。

まさか、ユリウス殿下が「虫唾の走る」平民を雇うなんてね……。

「議会に求められたノルマを達成するために、仕方なく雇ったって感じですか？」

「そうなるな。ユリウスは今回のことで、自分の評価を落とすのだけは避けたかったようだ」

何それ……それだったら、最初から私を追放しなければよかったのに。結局、後釜の３人では目的が果たせなかったから、才能ある別の錬金術士を雇ったってことでしょ。しかも私と同じ平民出身の子を。人件費の無駄というかなんというか。

まあ、そんなことはどうでもいいとして……その新しい錬金術士のことは気になるわね。

「新しい子の能力は、かなりすごいんですか？」

「ああ、そうだな。私も直接見たわけではないが……名前はシスマ・ラーデュイ。辺境地では豪農の家系だそうだ」

ていうことは、平民ではあるけれど、富豪家系に属しているってことか。

「シスマは現在、12種類のアイテムの精製が可能らしい」

「1人で12種類も……」

私はその数に驚いた。だって、他の３人の錬金術士は合わせて7種類って、お客令嬢から聞いてたから。薬士や錬金術士は、アイテムの質も重要だけれど、どれだけの種類を１人で作れるかでランクが決まる。そっか……12種類のアイテムを作れる子が、宮殿にいるんだ。

「シスマの助力もあり、10種類のアイテム調合のノルマは達成できた。ユリウスの評価は保たれたということになる」

「そうですか……」

嬉しくもないけど。クリフト様の手前だし、その辺りは態度に出さないようにしなきゃね。

「それから、シスマのすごいところがもう一つあってな」

「はい？」

神妙な顔つきでクリフト様は語っている。一体、なんだろう、私はとても気になっていた。

「エリクサーの調合ができるらしい」

「エリクサーですか？」

「ああ、私も最初は信じられなかったが……」

私は一瞬、固まってしまっていた。エリクサーといえば、万能薬、蘇生薬に並ぶ3大回復薬の一つ。そんな神々しいアイテムを調合できるなんて……。


私は桜庭亭の拡張された調合室の前で、色々と考え事をしていた。

エリクサーを調合できる錬金術士が宮殿にいる。それだけでも、とても驚きだわ。

エリクサーは冒険者達の間で、希少品かつ効果的なアイテムとして有名で、大怪我とスタミナ、メンタルポイントを大幅に回復してくれる代物。私も超上級回復薬は作っているから、エリクサーの有用性はよく分かっている。

超上級回復薬は怪我にだけ作用するけど、エリクサーはスタミナやメンタルまで回復するところが、すさまじいと思う。私の店でもスタミナ回復薬とエーテルは売り出しているけれど、それら全てを賄えるんだし。

「エリクサーを調合するシスマもすごいが……相変わらずアイラ、君は恐ろしいな」

クリフト様は私の調合の様子を背後から見ているんだけど、なんだかちょっと恥ずかしい。振り返ると、顔から汗を流しているみたいだった。

「スタミナ回復薬にエーテルの調合も可能なのか……それ以外にも、起爆札などのアイテム類まで。今の段階で何種類くらいの調合ができるんだい？」

「そうですね……細かい微調整とかも入れると、30種類は超えると思います」

これも設備が拡張されたおかげ。私だけの力ではないけれど、クリフト様は面白いくらいに顔を歪めていた。なんだろう、驚きすぎているのかしら……。

「30種類超えか……もはや、他の追随を許さないな」

「ありがとうございます。でも、シスマっていう子のエリクサー調合には負けますよ」

種類をいくら増やしたところで、エリクサーを作れる彼女には及ばない。シスマは調合アイテムの豊富さよりも、エリクサー調合ができるというだけで、宮殿に住めるのかもしれない。

今や、そのくらいの待遇でもおかしくない。私は会ったこともないシスマに思いを馳《は》せていた。一体、どんな子なんだろう……。

「アイラ。シスマという子に興味があるのか？」

「はい、そうですね。興味は尽きないですけど」

「もし良ければ会いに行かないか？　彼女は現在、宮殿内の一室で寝泊まりしている」

「えっ、宮殿に……ですか？　大丈夫なんでしょうか……？」

私は思わず言葉を詰まらせてしまった。宮殿には色々と悪い思い出が多いから。

「私の許可があれば、入ることに問題はないさ。宮殿にいる宮廷錬金術士達と会うことが、錬金術士としての刺激になるのであれば、決して無駄な時間ではないだろうし」

笑顔でクリフト様は言ってくれた。なるほど、錬金術士としての刺激、か。それはおそらく、私だけじゃなく、相手側にも同じことが言えるはず。もしかしてクリフト様は、そういう狙いがあるのかもしれないわね。それに宮殿にある最新設備も、久しぶりに見ておきたいし。

ものすごく会いたくない人が1人だけいるけど、そこはクリフト様がいれば大丈夫そうね。

「どうする？　君が望むのなら案内するが」

「お願いします」

私はクリフト様に深々と頭を下げた。久しぶりの宮殿……結構、緊張するけど、楽しみでもある。あと、ユリウス殿下がどんな顔をするのか、地味に楽しみでもある……会いたくはないんだけども。

それから、シスマを含めた宮廷錬金術士の人々……私の後任が、どういう人達なのかも気になるしね。

なんだろう？　ピクニック気分って言えばいいのかな？　自然とワクワクしている自分がそこにいた。

宮殿に向かうのは2カ月ぶりくらいかしら？　まだ、思ったよりも月日は流れてないわよね。でも、もう何年も入っていないように感じられる。私が突如として追放された、貴族街の正門……それが、私を迎え入れていた。

本日は「エンゲージ」はお休みにしている。買いだめをし忘れた冒険者に泣きつかれたけれど、さすがに営業は難しかったので、なんとか納得してもらった。はあ……私も冒険者の知り合いが増えてきたわ。

なんていうか……気性の荒い人達というイメージがあって、最初は怖かったんだけど、話してみると気さくな人が多いというか……中には私の追放について、ユリウス殿下に文句を言いに行きそうになった人もいたけど。別の意味で、それは怖かった。

「アイラ、どうかな？　ずいぶん久しぶりに感じないか？」

「そうですね……宮殿は久しぶりに感じます」

以前はホームグラウンドって感じだったけど、今は完全にアウェーだしね。いくらクリフト様やライハットさんが近くにいても、私が部外者であることに変わりはないし。何度かすれ違う貴族の人々が私を見ていたけれど、特に何かを言うことはなかった。

まあ、すれ違う人々に興味はないけれど、後任者である宮廷錬金術士には興味があるわ。シスマをはじめとして、テレーズ侯爵令嬢、ミラ伯爵令嬢、モニカ子爵令嬢だったかな？　こうして見ると、豪農家系とはいえ、シスマが明らかに身分が低いのね。

皆、私とそれほど変わらない年齢だとは聞いているし、この機会に友達とかになれたらいいな。ユリウス殿下みたいな性格の人だったら無理だけど、話を聞いている限り、そこまで悪い人達でもなさそうだし。

私は彼女達と会えるのを、楽しみにしていた。同じ錬金術士の知り合いに飢えているのかもしれない。ていうか、会えるのよね？　まあ、シスマには確実に会えると思うけど、他の錬金術士にだって会いたいし……。

◆◇◆◇◆

「本日か……兄上が、アイラ・ステイトを連れて来るのは……」

「ええ、既に宮殿内に入られているかと思いますが」

オーフェンからの報告に、私の緊張が一段と増していた。アイラ・ステイト……宿屋「桜庭亭」で以前に会ってはいるが……くそ、なぜこのタイミングで宮殿に来るんだ？

いや、そんなことは考えなくても分かる。シスマに会いに来たのは明白だ。彼女は現在、私の目の前のソファに座っている。くそう……この前ノルマを達成したと思ったら、また厄介事が舞い降りてきたということか……！

特に、テレーズと会わせるわけにはいかない。まあ、今日は休んでいるから大丈夫だと思うが……。

「そのアイラって人、私と同じ錬金術士なんですよね？」

本を読みながら、シスマは私に話しかけてくる。富豪家系とはいえ平民の女。本来ならば、不敬罪に処してやるところだが……こいつはエリクサーを作れる貴重な存在だ。私への無礼は、とりあえずは許すことにした。噂によれば、万能薬と蘇生薬の調合も可能らしいからな。

「ああ、その通りだ。だが、大した人物じゃない。お前ほどの者が会う必要などないさ」

くそ……アイラよりはマシとはいえ、この小娘も平民であることに変わりはない。虫唾が走りそうになる……なぜこの私が、ノルマのためとはいえ、平民のご機嫌を取らなければならないんだ？

くそくそ！　そもそもはテレーズ達がもっと優秀であったら、何の問題もなかったのに！

「……」

私の「会う必要などない」という言葉に、シスマは無言になっていた。なんだ、何か文句でもあるのか？

「会う必要があるかないかは、自分の目で判断いたします。話に聞くと、その娘はとてつもない種類のアイテムを調合しているようなので……」

「ぬう……！」

私に対して尊敬の念を感じさせない態度……いや、少し違うか。王族や貴族に媚《こ》びる気がないと言った方が正しいか。この女……アイラと同じく、厄介な存在かもしれん。

「ユリウス殿下……落ち着いてください。彼女は決してユリウス殿下に逆らっているわけではありません。こういう性格なのです」

「オーフェン……ああ、分かっている」

分かっている……オーフェンの言う通りだろう。豪農の家系に生まれ、厳しく育てられたためか、それとも錬金術で並ぶ者が周りにいなかった反動か……彼女は少し感情表現が曖昧《あいまい》だった。

くそ！　私はこの娘を恐れているのか？　白く長い髪と、赤い瞳を有している。一般的には美女と呼んで差し支えないだろうが……その目つきは鋭く、冷たい。畏怖するには十分すぎるオーラを放っていた。

◆◇◆◇◆

「緊張しているのかい、アイラ？」

「そ、そうですね……少しだけ」

私とクリフト様、ライハットさんの３人は宮殿内の調合室の前に着いた。

ここには、調合に必要な最新設備がある。以前は私が使用していたけれど、全部の機能を使っていたわけじゃない。

その頃は、王国側から来るアイテム精製の依頼に合わせて、機械的に作っていただけだった。

久しぶりに調合室に入るっていうだけで、緊張感が出て来るわ。私の後任の錬金術士にも会えるかもしれないから。

拒絶されたら嫌だな、とか考えてしまう……主に、あの第二王子様のせいで……。

「はは、アイラ殿も緊張することがあるんですね」

「なんですか？　私ってそんなに冷血な人間に見えるでしょうか？」

とりあえず、冗談っぽくライハットさんに返してみる。

「いやいや、もちろんそんなことはありません。アイラ殿は快活で美しいと思っていますよ」

「ちょ、快活はともかく、美しいって……！　やめてくださいよねっ」

「これは失礼しました。しかし事実ですので」

「う、う〜ん……」

普段から従業員として隣に立っているからか、ライハットさんはこういう言葉をよく使う。そのたびにドキリとしてしまうことがあるんだけど……なんていうか、ライハットさんとはだいぶ距離が近づいたのかな？

そんな私達の様子を見ていたクリフト様は、なぜだか無言になっていた。気のせいか私とライハットさんを交互に眺めているような……。

「少しだけ、妬《や》けてしまうな……」

「えっ!?　クリフト様？」

クリフト様から、とんでもない言葉が聞こえて来たような……私はビックリして、聞き返した。ライハットさんも同じように驚いている。

「お、王子殿下！　これは決してそのようなことでは……」

「そ、そうです、クリフト様……え、えと、あのこれは……」

しどろもどろになってしまう、私とライハットさん。上手く言葉にできない私達を見て、クリフト様は笑顔になっていた。

「さて、何のことかな？　一緒に働く者同士、仲が良いのは大変喜ばしいことだろう？　それが確認できただけでも満足さ」

「は、はあ……そうですか……？」

「ああ、それでは早速、入るとしようか」

なんだか有耶無耶になってしまった気がするけれど、クリフト様は笑顔のままノックをし、調合室の扉を開けた。中へと入る彼の後ろに、私とライハットさんが続く――。

「ようこそいらっしゃいました……クリフト王子殿下」

「テレーズ嬢、作業の邪魔をしてしまって、申し訳ない」

「いえ、とんでもありません」

「今日も調合をしているのか？　相変わらず真面目だな」

「もったいないお言葉、ありがとうございます。実を言うと、本日はお休みをいただいていたのですが、どうしてもお会いしたくなりましたので……」

調合室に入った私達を最初に出迎えてくれたのは、貴族令嬢と思《おぼ》しき女性。調合の邪魔にならないようにポニーテールで髪をまとめていた。服装も豪華なドレスではなく、動きやすい作業着のような……それでも高そうな生地だし、ネックレスやイヤリングなどはしていたけれど。その辺りは貴族令嬢としてのプライドなのかもしれない。そして、私と視線が合った。もしかして、私と会いたくて、休みなのに、わざわざ調合室に来ていた？

「クリフト王子殿下……彼女がそうなのでしょうか？」

「ああ、その通りだ。彼女がアイラ・ステイト。年齢は17歳だが、君の先輩に当たる人だ」

「やはり！　それでは、あのレシピノートを作ってくださり、私達に道を示してくださった！」

なんだか、すごく感動しているみたい……。レシピノートって、私がここにいた時に書いていた「あれ」のことかしら？　たぶん、相当汚い字で書いてたから、全部の解読はできてないと思うけど、あれは暇な時にどういうアイテムを作れるかをメモしたものだから、レシピノートっていうほどのものじゃない。

まあ、それが道を示したというなら、それは嬉しいことだけど……貴族令嬢にあの汚い字を見られたんだと思うと、恥ずかしいわね。処分しておいた方がよかったかもしれない……急に

追放されたから、それもできなかったんだけど。

クリフト様にテレーズ、と呼ばれたその人は、私に向かって頭を下げた。

「初めまして、アイラ様。私はテレーズ・バイエルンと申します。現在は宮廷錬金術士として、この調合室で働かせてもらっています。以後、お見知りおきを」

「は、はい……クリフト様からも紹介がありましたが、アイラ・ステイトと申します。よろしくお願いいたします！」

「はい、よろしくお願いいたします」

なんだか緊張するわ……貴族令嬢でも、こんなに礼儀正しい人っているんだ……。

バイエルン家といえば、侯爵令嬢で間違いないわよね。見た目も可愛いし、お金持ちか……神様って不公平な気がする。

なんて冗談めいたことを、私は軽く思っていた。テレーズさんね……良い人そうだし、仲良くできれば嬉しいかな。

「あの、お伺いしてもいいでしょうか、テレーズ様」

「はい、なんなりと」

「テレーズ様はおいくつなんでしょうか？」

「18歳になります。それから、どうぞ私のことはテレーズとお呼びください。アイラ様」

１つ年上か……まあ、同年代でよかったわ。でも、貴族令嬢を呼び捨てにするのは難しい。

「そ、そうですか？　なら、テレーズさん？　それと、私のことは呼び捨てでお願いします」

「それでは、アイラ、と呼ばせていただいても構いませんか？」

「はい、それでお願いします。敬称を付けられるほど偉くはありませんので」

「とんでもありませんわ。私などでは、追い付くことすらできない天才錬金術士……それでいて、こんなに謙虚だなんて……見習わないといけません」

テレーズさんって、いかにもお嬢様って感じね。どことなく浮世離れしている印象もあるし。感動してくれるのは嬉しいんだけど、詐欺とかに遭わないか、少しだけ心配になるわ。

やっぱり、箱入り娘なのかな？　よ～し、私が色々と教えてあげようかな！　って、私も偉そうなこと言える立場じゃないか。なんて考えていると、調合室に誰かが入って来た。

私は入り口の方向に目を向ける。そこにいたのは……。

「や、やあ、アイラじゃないか！　元気そうで何よりだよ！」

「ユリウス殿下……」

前に「エンゲージ」で会ったけど、宮殿内で会うのは、あの日以来か。なんだか、冷めた口調になってしまった。というより、明らかにユリウス殿下のテンションがおかしい……。

私の店に来た時も焦っている雰囲気はあったけど、もっと別の焦り方というか、落ち着かない態度だし……これは怪しい、どういうことかしら？　追及してみる必要がありそうね。

私とテレーズさんが出会って数分程度……おかしな態度のユリウス殿下が現れ、その後ろには執事のオーフェンさん？　もいるみたいだけど、シスマの姿はないみたい……彼女の外見は知らないけれど、そもそも2人の気配しかない。

「あ、兄上も……壮健そうで何よりだ」

「何を言っているんだ？　この前も会っているだろう？　ユリウス、なんだかおかしいぞ？」

「ん？　そ、そうか……？」

クリフト様にも指摘されるくらいに、ユリウス殿下の様子はおかしかった。なんだろう……突いたらとても面白そうなことが起きる予感がする。

「ユリウス殿下、どうしたんですか？　ずいぶんと挙動が不審ですけれど……」

挙動不審の原因が分からないので、とりあえずジャブ程度のパンチを放ってみた。ユリウス殿下は特に怒ることもなく、私の言葉を無視して、テレーズさんに話しかけた。

「テレーズ、今日は休みでいいと言っただろう？　なぜ、こんなところにいるんだ？」

「申し訳ありません、ユリウス殿下。せっかくお休みをいただきましたのに……ただ、どうしてもアイラにお会いしてみたくなったので」

「そ、そういうことか……やはり……」

「あの、いけませんでしたでしょうか？」

「いや、そ、そんなことはないぞ？　はははははっ……」

ユリウス殿下の乾いた笑いが、調合室の空気も乾かしていた。私はユリウス殿下の様子がおかしい理由を、２人の会話から導き出していた。そういうことか……。

＊＊＊＊＊

なんということだ。休みを出したはずのテレーズが調合室に来ていたとは！　とりあえずは笑ってごまかすしかないが……くそ、アイラとテレーズの２人を会わせてしまった！

「ユリウス殿下？　いかがなさいましたか？」

私の身を案じたのか、テレーズが私の顔を覗き込んだ。ぬう……相変わらず、この仕草は美しい。とにかく、すぐにでもアイラの傍から離さなくては。テレーズは知らないのだ、私がアイラ・ステイトを追放した理由を……。

いや正確には、彼女の気を引くために、別の理由を告げているのだ……。

「テレーズさんは、この２カ月くらいは、ほとんど調合室で過ごしていたんですか？」

「さようでございます。宮廷錬金術士の任に就いてからは、ここで過ごすことが多くなりましたわ」

「そうなると、外の情報とか仕入れにくくなったでしょう？」

「そうですね……確かに。ですので、ユリウス殿下のお話が、私の楽しみでした」

「へえ、なるほど……」

テレーズとアイラの２人の会話……傍から見れば、単なる雑談にしか聞こえないかもしれないが……。まずい、アイラのこの怪しげな視線は、勘付いているのではないか？　早くテレーズを連れ出さなければ……しかし、２人の会話はなおも続いた。

「ユリウス殿下とはどのようなお話を？」

「錬金術に関することが多いですわ。私はまだ、単独では6種類のアイテムしか調合できませんが……やさしく勇気づけてくださいます」

「そうなんですね……やさしく、ね」

アイラはテレーズと私を交互に見ながら、何かのタイミングを図っているようだった。まずい、まずすぎる！

「それから……アイラのご事情もお伺いしております」

「私の事情ですか？」

「はい……」

アイラは狙っていた話が出たと悟ったのか、明らかに顔色が変わった。これ以上は本当にまずい！　私は咄嗟に2人の間に割って入った。

「あ、アイラよ！　済まないが、本日はテレーズは休みの日なのだ！　お前も今日はシスマに会いに来たのだろう⁉」

シスマを引き合いに出したが、彼女の姿はない。説得力としては非常に弱いものだった。

「確かに、シスマ・ラーデュイさんに会いに来たのは事実ですけど……テレーズさんにも会いたいと思っていましたよ？」

「ユリウス殿下、私もアイラにお会いするために来たと先ほど申し上げたと思いますが……」

「た、確かに……いや、しかしだな……」

次の言葉が続かない。テレーズをどうにかして、調合室から出さなければならないが……どうやって連れ出せばいい？　兄上もいるのだ、力づくというわけにもいかない。

「それで、私の事情はどのように伺っているんですか？」

「ま、待て……！」

「はい、確かご家族がご病気だとか。しかし、それでも仕事を続けようとしたから、ユリウス殿下が強制的に追放という形をとった、と伺っておりますわ」

「はっ？」

うわぁぁぁぁぁ……！　アイラに聞かれてしまった！　アイラは呆けた表情になっている。

ど、どうすればいいのだ……もはや、一刻の猶予もないぞ!?

◆◇◆◇◆

「……？」

テレーズさんはなんて言ったんだっけ？　ええと、私の家族が病気だから、ユリウス殿下がそれを案じて追放という形をとった、と？　えっ、なにそのとんでも展開……ダメだ、頭がついていかない。

「……アイラ？　どうかなさいましたか？」

「いえ、なんでもないです……」

テレーズさんの問いかけに、私はなるべく平静を装って答えた。ユリウス殿下に視線を送ると、彼は明らかに狼狽えている。おそらく、お気に入りのテレーズさんにいい格好をしたかったんだろうけど。とりあえず、どう返答しようか……私の好きにやっても、クリフト様やライハットさんは許してくれるはず。

今、視線を合わせたら、静かに頷いてくれたし……よし。

「ユリウス殿下」

「な、なんだ……アイラ？」

弱々しいユリウス殿下の言葉……もはや、蛇に睨《にら》まれたカエル状態なのかもしれない。

「どういうことでしょうか？　テレーズさんには真実を話していないんですか？」

「い、いや、それはだな……」

「それは……なんでしょうか？」

「う……あう……！」

私を身勝手にも追放しただけでなく、それまでの給料だってまだもらっていない。クリフト様がいなかったら、完全に取り上げたままで終わってたわよね？　思い出したら、本当に腹が立ってきたわ。どうしてやろうかしら……。

そう考えていた時、私の目の前に立っていたテレーズが口を開いた。何やら真剣な目をしながら。

「ユリウス殿下、どういうことでございますか？　アイラのことで、以前におっしゃっていたのは、真実ではなかったのですか？」

意外にもテレーズさんの口調は強いものだった。怒っているのがすぐに分かる。ユリウス殿下としてもそれは意外だったのか、すっかり怯えてしまっている。

「テレーズ！　それは……」

もはや、弁解の余地はない。だって、当の本人が目の前にいて、「真実ではない」ってはっきり言ったんだもの。私はそんなユリウス殿下に追い打ちをかけ動き出した。

「私の家族は病気になんてなってませんよ？　ユリウス殿下が私を追放した理由は、平民の私が宮殿内で仕事をしていると虫唾が走るからだそうです」

「そ、そんな……そんなことが!?」

「はい、そうですね」

私はユリウス殿下が惚れているであろうテレーズさんの前で、はっきりと言った。

彼女にとっては想定外の事実だったのか、口を両手で覆い隠していた。でもそれが真実……テレーズさんの中にいた優しいユリウス殿下の姿は、見事に打ち砕かれた。

◆◇◆◇◆

アイラ・ステイトはとうとう真実を話した。しかも、テレーズの目の前で！　テレーズは信じられないという顔で、目を見開いている。この女、一体私になんの怨みがあるのだ。

アイラを追放したのは事実だが、その後は順風満帆に2カ月間を過ごし、暮らしを謳歌していると聞いている。冒険者を始めとした客からもチヤホヤされて、さぞ有頂天になっていただろうな。兄上を通して、今までの給料も返ってくる手筈だっただろうに！

それと比べて、私は議会からのノルマ達成で非常に忙しかった！　テレーズだけでなく、ミラとモニカの機嫌も損ねないようにしなくてはならなかったからな……。

テレーズは優秀だが、残りの２人は大したレベルではない。何人もの薬士を雇った方が時間も節約できたかもしれない。くそ……それなのに、アイラはなんてことをしてくれたんだ！

「ユリウス殿下……」

「て、テレーズ……！」

テレーズの冷たい目線が私を突き刺すようだ。なんと言えばいい？　どうすれば、この絶望的な状況を打破できる？　私はなんとか穏便にことを収めようと、頭をフル回転させた。

＊＊＊＊＊

「どういうことでしょうか、ユリウス殿下？　アイラの言ったことは本当なのですか？」

問い詰めるように、テレーズさんはユリウス殿下に質問していた。さっきから、ユリウス殿下は無言だけれど、その表情はとても面白い。なんていうか……必死でこの状況を打破するための作戦を練っているみたいで。

顔中から汗を流しながらも、平静を装っている……素直に謝罪した方がいいと思うけど。テレーズさんの性格的に許してくれるとは思うし、たぶんね。

「こ、これは何かの間違いだよ……テレーズ。ははは……」

「間違い？　どういった間違いで、アイラに対して虫唾が走る、なんて言葉が出るのでしょうか？」

「ああ、そうだな……そうなんだ。私としても、驚き以外の何物でもないよ……」

ユリウス殿下は落胆している素振りを見せた。何か解決案でも生まれたのかしら？　クリフト様やライハットさん、執事のオーフェンさんも静観しながら、彼の態度に首を傾《かし》げていた。

「あの時の私は、どうかしていたんだよ。公務で忙しかったせいだろうか。悪魔にでも憑《と》りつかれたように、アイラに辛く当たってしまっていた。一時の感情の起伏のようなものだ……」

「感情の起伏……ですか？」

「その通りだ。アイラには本当に申し訳ないことをしたと思っている」

言い訳にすらなってない。私は怒りすら通り越してしまっていた。同時に、こんな人に追放された自分が情けなくなってくる。テレーズさんも、当然、ユリウス殿下の言葉に納得している風ではなかった。

「一時の感情の起伏だけで、あのような酷《ひど》い言葉と仕打ちができるのですか？」

「悪魔に憑りつかれていたんだろうな……」

ユリウス殿下は「悪魔に憑りつかれていた」で押し通す気みたい。いくらテレーズさんが浮世離れしていても、それは無理だと思うけど……。

「追放ということは、書類なども用意し、議会に提出して承認を得たと思いますが……」

「悪魔に憑りつかれていたんだろうな……」

「ユリウス殿下、それで私を納得させようと思っていませんか？」

温厚そうなテレーズさんだけど、眉間にしわが寄っていた。怒り始めているんだと思う。私はもう、一種の見世物小屋のショーを見ている感覚だ……呆《あき》れすぎて。

「そ、そんなわけないだろうテレーズ？　私はお前に誠実に接したいと思っているんだよ」

「なら……真実を語っていただけませんか？　私もユリウス殿下がそのようなことをしたのには、何か大きな理由があるのだと信じたいのです」

あ、これダメなやつかも……2人の会話からすると、相思相愛なのかしら？　この後、大きく落胆する未来しか見えない。テレーズさんも厄介な相手に好かれたものね……。

と、その時だった。私達の会話を邪魔するように、調合室に一人の人物が入ってきた。

「皆様、こちらにいらっしゃったんですね」

「シ、シスマ！」

「はい、シスマです」

ユリウス殿下が真っ先に、調合室に入って来た人物に声を掛けた。この一件が有耶無耶になることを期待しての一言だとは思うけど、そんなことにはならないわよ？　いえ、私がさせないし、テレーズさんだって有耶無耶になることを望んでいないだろうから。

でも……それよりも、私はシスマ・ラーデュイの外見に意識を奪われていた。相当な美人……なのはいいとして、真っ白なロングストレートの髪に鋭く赤い瞳。肌をほとんど見せず、ロングスカートを穿《は》いている。

雪女を彷彿《ほうふつ》とさせる外見と言えば分かりやすいかな？　美人ってお得だと思う……。それから、この人なら確かに3大回復薬を作れてもおかしくない雰囲気を持っていた。

「あなたが……シスマさん？」

「ええ、そうだけど」

美人……っていうのはもういいけど、彼女の雰囲気に正直、見とれている自分の姿があった。

雪女……本当にいたんだ。畏怖の念を抱いているとも言えるのかしら？　私と同じ17歳の少女。

「さん付けはお互いなしにしましょう。特に、宮廷錬金術士の先輩であるあなたに、シスマさんと呼称されると申し訳ないので」

「私も先輩って言われると、なんだか変な気分だけど」

宮廷錬金術士はとっくに辞めたわけだし、ユリウス殿下のことを思い出して微妙な気分にもなるし……。

「でも同じ17歳同士だし、変に気を遣うのもね。シスマって呼ばせてもらうわ」

「なら、私もアイラと呼ばせてもらうわ。よろしくね、アイラ」

「ええ、こちらこそ、シスマ！」

焦点が定まっていないような、不思議な視線を私に送って来るシスマ。テレーズさんとは別の意味で浮世離れしている印象もあった。確か、富豪平民に該当するんだっけ？

ユリウス殿下の一件がまだ決着していないけれど、テレーズさんもすぐに続ける気はないようだったので、私は早速、本題を切り出すことにした。

「ねえ、シスマ。早速で申し訳ないんだけど、エリクサーを作れるって本当なの？」

これが本日、ここまでやって来た本当の目的。

いきなりの本題に、シスマはやや戸惑っているようだった。感情の起伏があまり見えないので、驚いているのかどうなのか、読み取りづらいけど。

「いいんですか、ユリウス殿下？　なにやら立て込んでいたようですけど」

シスマはユリウス殿下に許可を取ろうとしているようだった。彼女は宮廷錬金術士だしね、自分の上司が目の前にいるわけだし、お伺いを立てるのは当然か。問われたユリウス殿下は激しく首を縦に振っている。

「も、もちろんだ……！　錬金術士の天才2人の邂逅《かいこう》でもあるんだからな。私のことは気にせず、話を続けてくれ。それが王国の未来のためにもなるからな！」

いくらさっきまでの問い詰めから逃れるためとはいえ、恐ろしいくらいの二枚舌だわ。私のことを散々、平民って馬鹿にしてたくせに。天才2人だってさ、はあ、なんだか疲れてきた。

私はユリウス殿下のことは無視して、テレーズさんの方に目を向けた。彼女は質問内容が分かっているのか、私よりも先に口を開いた。

「私も大丈夫ですわ、アイラ。ぜひ、シスマさんとの話を進めてください。先ほどの一件に関しては……あとでじっくり話し合う、ということで」

テレーズさんはそう言いながら、ユリウス殿下を睨みつけた。睨まれたユリウス殿下は「ひっ⁉」と声を上げている。これは逃げられる感じではないわね。浮世離れしていると思っていたテレーズさんからの、思わぬ反撃といったところかしら。

まあ、私だって許してるわけないし、後でとことんまで追い詰めてやりたいけど。

ユリウス殿下の一件はとりあえず保留ということにして……私はシスマに向き直った。

テレーズさんの許可も得たことだし、私はシスマとの会話を優先させることにする。クリフト様やライハットさん、オーフェンさんなんかも特に不満はないみたいだし。

「話を戻しそうかしら……アイラ、あなたの質問は、私が3大回復薬の一つであるエリクサーを作れるかどうか、ということでいいの？」

「ええ、そうね。同じ錬金術士としては非常に気になるところだから」

富豪平民とただの平民との違いは確かにあるけど……私はシスマに同じような境遇を感じていた。シンパシーと言えばいいのかしら、何かそういう感じのものを。

「確かにエリクサーは作ることができるわ」

感情の起伏をあまり見せずにシスマは言った。やっぱり、間違いなかったのね。私も作ったことがない代物。

「そうなんだ……すごいわね、シスマは」

私には師匠はいない。気付いた時には調合ができるようになっていた。基礎を教えてくれた人はいるけど、その人は師匠と呼ばれることを嫌がっていたし、事実、すぐにその人よりも調合は上手くなった。本人にそう言われた。

私はシスマに対して、生まれて初めての敗北感を感じたのかもしれない……。こんなに美人でエリクサーまで作れるなんて。

「もしかして、私との差を感じているの？　お世辞としても笑えないわ」

「お世辞？　いえ、そんなつもりは全くないんだけど」

なんだか雲行きがおかしくなっている気がする。シスマはもっと勝ち誇った態度をとってもいいと思うんだけど。全然、そんな言動は見られない。単に彼女が謙虚な性格だからとか、そういう次元の話ではない気がするし。

「最新の設備を使えば、アイラにも作れるでしょう？　そういう可能性には、全く思い至っていないの？」

「最新の設備……」

そっか、ここには最新設備が完備されてるんだった。確かにここの設備をフル活用すれば、エリクサーを作れるって考えていた時もあったっけ。いえ、それどころか、それを範囲指定にできるエリキシル剤の調合も可能かも、なんて……。

「アイラ、勝負と行きましょう」

「勝負……？」

「そう、せっかく、私とあなたが出会えたんだから、試さない手はないわ。私はあなたと勝負してみたい……」

シスマは突拍子もないことを言っている気がする。勝負って、決着はどうやってつけるのよ？

「け、決着はどうするの……？」

「エリクサー級のアイテムをどのくらい作れるかで決めるのはどうかしら？　単純なアイテムの種類勝負であれば、最初から私に勝ち目はないから」

確か、シスマは12種類くらいのアイテムを作れるって言ってたっけ？　確かにそれで種類勝負をしたら、私が負けることはないと思うけど。ただ、シスマの出した条件は「エリクサー級」のアイテム精製……。

それであれば、私が確実に勝つとは言えない気もする。シスマはちゃんと考えているのね。まだ、クリフト様達から許可を得ていないから、実現するかは分からないけれど……なんだか、想定とは違う方向に話が進んでいるわね。

「勝負はエリクサー級のアイテム精製ってことでいいの？」

「ええ、そちらが構わないのであれば」

「別にいいけど、勝敗を決めるのは数でいいの？」

「そうね……どうしましょうか」

シスマは深くは考えていなかったのか、悩んでいる様子だった。その神秘的な外見からは想像できない態度だけに、ちょっと可愛かった。

「とりあえずは、数でいいんじゃない？　あとは品質とか色々あるだろうけど……まあ、その辺りは、どちらに軍配が上がるかは、クリフト様達の評価に一任するってことにして」

「そうね、そうしましょうか。でも、本当に良いの？」

「何が？」

シスマは私が勝負を引き受けたことを意外に感じているのか、首を傾げながら尋ねてきた。

「あなたに不利な条件だと思うけど……エリクサーなどを作った経験はないんでしょう？」

シスマには最初から、私が不利だと分かってたみたいね。

「そうだけど……ここで、宮廷錬金術士をしていた時に、作れるんじゃないかと思ったことはあるわ。不利かもしれないけれど、問題ないし」

「そう……なら、私も遠慮せずに全力を出しても、問題なさそうね」

「ええ、ていうか、手加減とかされたら困るんだけど。私は、シスマのエリクサー調合を見に来たようなものなんだから」

錬金勝負になったのは意外だけれど、おおむね私の予想通りに事は運んでいると思う。できたらエリクサー調合を教えてもらおうと思ってたけど、勝負になったのはちょうどいいわ。やっぱり、勝負事って燃えるしね！

「クリフト様、錬金勝負なんですが……させていただいても、問題はないでしょうか？」

私はとりあえず、ユリウス殿下には視線を合わせず、クリフト様に聞いてみた。

「ああ、問題ない。アイラの好きにして構わないさ」

「ありがとうございます、クリフト様」

よ〜し、クリフト様からの許可もいただいたし、これで心置きなく勝負が可能ね。最新設備を使用できるとはいえ、私は初めてのアイテムを作ることになるけど……一応は先輩だし、ちょうどいいハンデだわ。

クリフト様やテレーズさん達が見守るなか、私とシスマはそれぞれのスタンバイを開始した。大丈夫……調合レシピは頭の中に既に浮かんでいるわ。あとはそれを実践するだけ。負ける気がしない。

紛れもない天才のはずのシスマを相手にしても、私は１００％勝てると確信していた。

◆◇◆◇◆

「それではこれより、第1回錬金勝負を開始する」

「採点者は私とクリフト王子殿下ということで……」

「よろしくお願いします！」

兄上がノリノリだ……なぜだか、テレーズまでノリノリになって、アイラとシスマに至っては、最新設備の錬金釜の前で、調合準備を進めているようだ。私は完全に蚊帳《かや》の外になっていた。それ自体は問題ないのだが、なんだ？　この生殺《なま》しの状態は……。

私は２人の錬金勝負を見ていることしかできないのか……？　私がここを離れても、先ほどのことが有耶無耶になるとは考えにくい。

そうこうしている間にも、２人の調合は開始されたようだ。勝敗は確か……エリクサー級のアイテムをどちらがより多く作れるか、だったか。品質なども考慮されるらしいが、明らかにシスマが有利な錬金勝負だ。アイラの奴も最新設備を利用すれば、エリクサーを作れるかもしれないが、成功確率を考慮すればやはり不利なはずだ。

ふふふ、アイラ・ステイトめ。自分の才能を過信していると見える。いくら、貴様が数十種類にも及ぶアイテムを作れるからといって、今回の錬金勝負に勝てるというのは、飛躍しすぎのようだな。

錬金勝負は既に始まっているはずだ。アイテムを調合する原理などはよく知らないが、調合室にある豊富な材料を使用するはずだ。シスマに比べて、アイラの手の動きは遅い……慎重に作っているのかもしれないが、非常に緩慢と言えよう。

それに引き換え、シスマの手際の良さはどうだ。傍から見ているだけでも、流れるような作業をしていることがよく分かる。錬金勝負のお題のアイテムはエリクサー以外、とするべきだったな。他の万能薬や蘇生薬がお題であれば、アイラが有利だったかもしれんのに。

「これは……テレーズ嬢！」

「はい、私程度の非才の身では実況できませんが、驚異的だと思います。シスマさんの手の動きも驚異的ですが……」

「ああ、２人ともすごいな。ハイペースだと言えばいいのか」

ん？　どういうことだ？　テレーズの言葉に私は違和感を持った。アイラを賞賛した？　いや、気のせいか。錬金窯で作り出されるエリクサーと思しき数は、シスマが圧倒しており、彼女の横には大量の小瓶が並べられていっている。

数で言えば、シスマが10本程度、アイラは２本……しかしアイラの奴、おそらくは今回初めてであろうアイテムをよく２本も作れたものだ。

まあ、シスマの精製したエリクサーの数には到底及ばないが。私がそう考えている間にも、シスマはさらにもう１本調合した。数で言えばシスマの圧勝か。

だが、シスマの顔色が芳しくない。手の動きは速いが、焦っている様子だった。

「……くっ！」

「……」

シスマとは逆に、アイラの動きは変化しない。非常にゆっくりとした手つきでアイテム調合を行っている。どうなっている？　私はテレーズや兄上の態度も含めて、大きな勘違いをしている気がしてきた。

＊＊＊＊＊

こんな結果を誰が予想しただろうか。後ろではクリフト王子殿下とテレーズ侯爵令嬢が、調合している私達を見守っているけれど。

ユリウス王子殿下は、おそらく実情が分かっていない。精製している薬の数で、私が優勢だと勘違いしているのだろう。

「シスマ、もう少し落ち着いて調合した方がいいんじゃない？」

「……ずいぶんと余裕ね」

「そんなつもりはないけど、かなり焦っているように見えるから」

アイラには私の心情をしっかりと読まれていた。現在、私はエリクサーの調合をしている。それ以外の薬は調合していない。調合手順を見る限り、アイラも同じエリクサーを作っているようだ。時々、私の知らない作業工程が見えるけれど、今の問題はそんなところではない。

私は、小瓶に入れたエリクサーを14本作っていた。それに対して、アイラは3本だけ。数の上では圧倒的に私が勝っている……そう、勝っているように見えるのだけれど……。

◆◇◆◇◆

どうやら、決着が近づいているようだな。現在のシスマのエリクサーの数が14本、アイラはたったの3本だ。品質勝負も含まれているが、基本的には数の勝負のはず。数ではアイラが勝っているとは言えないはずだ。

私は安堵していた。こんなところでアイラに勝たれては、私の面目が丸潰れになってしまう。アイラが敗れ、私が選抜したシスマが勝利を収める……これが正しい道というものだ。

「兄上、テレーズよ。どうやら、シスマの勝利は動かんようだな」

「えっ？」

「んっ？」

何だ？　2人の私を見る目がどことなく変だが……まあいいか。私はさらに続けることにした。

「兄上、悔しいのではないか？　ん？」

「何がだ？」

「……？」

兄上もそうだが、兄上の側近のライハットも首を傾げている。

「兄上が宮廷錬金術士にしたアイラが、私の選んだシスマに敗れるのだからな」

私がシスマを選んだのは、ノルマの期限が迫っての苦肉の策だったが、今はそんなことは関係ない。兄上が選んだ、天才錬金術士アイラが敗れる……この事実に変わりはないのだから。

「本気で言っているのか、ユリウス？」

「ああ、本気だとも兄上。ははは、そう気を落とすことはないだろう？　たかが錬金勝負なんだからな」

皮肉混じりに私は兄上に言ってやった。内心ではさぞかし悔しがっているだろう。それを考えるとほくそ笑みそうになってしまう。

「テレーズ嬢、説明をお願いできるか？　ユリウスにも分かるようにな」

「ん？　どういうことだ？」

しかし、兄上は全く気にする素振りを見せなかった。まるで、アイラが負けていないとでも言うような顔つきだ。馬鹿な、そんなはずは……。

「ユリウス殿下、よろしいでしょうか？」

「あ、ああ……」

私に確認を取ったテレーズが、軽く咳払《せき》いして話し出した。

「シスマさんの14本のエリクサーは、おそらく1本も成功していません。それは、シスマさん本人も気付いているはず。だから焦りが大きくなっているんです」

……？　何を言われているのか、理解できなかった。まさか、そんなことは……。

「対してアイラのエリクサーは3本全て成功していると思います。そして、アイラの調合手順に変化がありましたので、彼女のレシピノートに走り書きしてあった、エリキシル剤の調合を始めているのかもしれませんね」

「そ、そんなことが……」

フラフラとよろめいてしまった。近くにいたオーフェンに支えられる。エリキシル剤は確か、範囲が指定できるエリクサーのはず。そんなものまでアイラは作れるのか？

いや、それよりも、シスマがまだ1本も成功していない事実に驚いた。同時に、エリクサーの調合難度の高さを実感させられた。私は目の前がブラックアウトしそうになっている……。

＊＊＊＊＊

全身からいい感じに力が抜けているのを感じる。私は現在、隣にいるシスマと錬金勝負の真っ只中だ。負けたら対価を支払うとかそういうことはないんだけど、やっぱり悔しいだろう。

でも、私はそんな状態の中でも非常にリラックスできていた。根拠はないけれど、自分の能力に自信が持てた。おそらくこれは、宮殿の最新設備を使えることに起因していると思う。初めて、最新設備を用いた錬金術を全力で行っているのだから。

「……」

私の完成品は現在3本。この3本は全てエリクサーになる。他のアイテムのように品質は100％ではないかもしれないけれど、店頭に出しても全く問題ないレベルだとは思う。

エリクサーは傷、体力、精神力の全てを大幅に回復するアイテム。入手はなかなか難しいと聞いている。そして、冒険者界隈では必需品と言っても過言ではない存在だ。これはどのくらいで売れるのかしら……私の言い値で買い取ってもらえそうな気がする、なんて邪《よこしま》な考えが浮かぶのも、リラックスできている証拠ね。

「シスマは……」

シスマは先ほどから焦って調合を行っている。さっき忠告したんだけど、あんまり効果はないようね。シスマは14本のエリクサーを調合したみたいだけど……私の見立てでは、品質以前に全てエリクサーになっていない。言い方は悪いけど、失敗作ね。飲んでも害はないけど、エリクサーとは全くの別物ができ上がっている。

あの色合いは上級回復薬を精製している感じかしら？　そして……シスマが誰よりもそれに

気付いているはず。

私もエリクサーの作成難度の高さをあらためて思い知らされた。テレーズさんとクリフト様も、私達の状況に気付いている。特にテレーズさんは同じ錬金術士だ。よく分かっているはず。

「シスマ、質問してもいいかな？」

「錬金勝負中に質問だなんて、ずいぶんと余裕ね。何かしら？」

「上級回復薬って、今までは作れていたの？」

シスマの表情が変わる。彼女が作っている失敗作が上級回復薬クラスのものだということも分かっているみたいね。上級回復薬は骨折などの傷を癒すと言われる回復薬だ。私の店でも販売はしているけど、世間にはそう簡単に出回る代物ではない。

「私が今まで作っていた12種類のアイテムには含まれていないわ」

「それならもう1種類、作成アイテムが増えたってことね」

「そうなるわね」

おめでとう、と言いたかったけれど、錬金勝負の最中だし、皮肉にしか聞こえないだろうから、やめておいた。それにしても……錬金勝負中に新しいアイテムを精製するなんて、シスマって天才よね？　これも皮肉にしか聞こえないだろうから、言わないでおくけど。

と、私もうかうかしていられない……私の4本目の薬は、エリクサー以上の難度のエリキシル剤なんだから……私は集中力を高めて行った。

それにしても、シスマでも14本全て失敗するレベルのエリクサー。焦りがあるとしても、作成確率は相当に低いみたいね……今までは何本に1本成功していたのかしら？

◆◇◆◇◆

私が見たところ、アイラはとてもリラックスしているようだ。それがエリクサーの3本連続成功を可能にしたのだろう。先ほどから、何やらシスマ・ラーデュイのことを気にかけているようだが……。

「ユリウス、聞きたいことがあるんだが」

「な、なんだ？　兄上？」

シスマの作っているアイテムが、どれも成功していないと分かり、ユリウスはすっかり意気消沈していた。たかが錬金勝負と言ったのはお前だろうに……精神の弱い男だな。

「シスマは今まで、どのくらいの割合でエリクサーの調合に成功していたんだ？」

「い、いや……それは分からない」

ユリウスはそんな重要なことを把握していなかったのか？　まあ、もともとはノルマを乗り切るためにシスマを呼び寄せたんだろうからな、そうであれば仕方ないか……。

「恐れながら申し上げます、クリフト王子殿下」

「ああ」

私の質問に答えてくれたのは、テレーズ嬢だった。

「はっきりとした数字は存じておりませんが……おそらくは、10～20本に1本かと思われます」

なるほど、成功率は単純計算で5～10％程度か。それなら14本全て失敗してしまってもおかしくはない。テレーズ嬢がシスマの作っているアイテムが全て失敗していると見抜いたのも、そういった情報が加味されているのだろう。

おそらくは世間的には「天才」と呼んで差し支えないレベルのシスマ・ラーデュイ。そんな彼女ですら失敗するのが当たり前のエリクサーを、3本連続で作っているアイラ……彼女をどう形容したらいいものか、悩んでしまった。

「あ、兄上？　どうしたのだ？」

私はユリウスに睨みを利かせた。彼は弱々しく私を見ている。アイラほどの逸材を身勝手な理由で追放した、我が愚弟ユリウス……この男の罪は果てしなく重い。その点については、上手く形容することができていた。

はあ……これが、私の血縁関係にある弟なのか。

◆◇◆◇◆

「よし、そろそろ時間だな。テレーズ嬢、ここは君が合図を頼む」

「わ、私でよろしいのでしょうか？　終了の合図を出して……」

「もちろんだ、君は宮廷錬金術士だからな。まあ、それは今は関係ないが」

「か、かしこまりました！」

なんだか調合している背後から面白いやり取りが聞こえてくる。クリフト様とテレーズさんが夫婦漫才をしているみたい。夫婦……？　違う違う、２人はそんな関係じゃないでしょ。ちょっとだけ、ヤキモチを妬きそうになったのは内緒。

私もシスマも、もうじき錬金勝負が終了することを知っている。先ほどまでハイペースで調合を行っていたシスマも、今はかなりゆっくりとしたペースになっていた。

「れ、錬金勝負、そこまで～～～!!」

やや緊張した面持ちで、テレーズさんが錬金勝負の終了を告げた。やだ、何この可愛い生物は……お持ち帰りしたい。と、不敬罪になりかねないことを考えている私。そのくらいリラックスして調合することができたってわけで……シスマはどうかしら？

「シスマ、楽しく調合できた？」

「分からないわ……最後の方は、あなたのペースに合わせられたとは思うけど」

確かに最後の方はミスをしても挽回できそうなペースになっていた。さてさて、結果はどうなるかしらね……。

お互いに錬金したものを机に並べていく……私は合計４本の小瓶、シスマは合計22本もの小瓶を並べていた。

「数ではシスマさんの方が５倍以上ですね。30分の時間制限で作ったにしては、多いと思います」

テレーズさんが冷静に審査している。確かに上級回復薬クラスのアイテムを30分でこれだけ作れるのはすごいんじゃないかしら。今回は錬金勝負だったから、最新設備の中にある量産機械は使ってないのだし。

「対してアイラのアイテムは……４本」

私が作ったアイテムは４本だけ。調合を楽しみながら行った結果と言えるかもしれないわね。最後のエリキシル剤は難しかったし。

テレーズさんは並べられたアイテム群を慎重に見渡した。クリフト様も同じように見ているけれど、正直、あまり分かっていない印象がある。

「どうですか？　テレーズさん」

「そうですね、アイラ。シスマのアイテムでエリクサーと呼べるのは最後の1本だけのようです。それ以外は……ええと、何でしょうか」

「おそらくは上級回復薬だと思います」

「上級回復薬……すごいですね、シスマさん！」

21本のアイテムは全て上級回復薬だと伝えると、審査をしていたテレーズさんは、手を叩《たた》いてシスマを褒め称えた。

「いえ……エリクサーを作ろうとして失敗しているので、今回の勝負では意味がないです」

貴族であるテレーズさんに褒められるのは慣れていないのか、シスマは頬を染めながら明後日の方向を向いてしまった。

「私にはとてもできない芸当なので、尊敬しかありません。お2人とも」

「そ、そうですか、どうも……」

「ありがとうございます、テレーズさん」

シスマと私は彼女にお礼を言った。シスマは恥ずかしがっているためか、視線を合わせていなかったけれど。

「なかなか楽しい展開だな。そうは思わないか、ライハット？」

「さようでございますね。錬金術士の方々の邂逅……仲が深まることで、より良いものが創造できそうな予感がいたします」

ライハットさんが、とても良いことを言っていたけれど、採点の途中だったので、私達はそちらに集中することにした――。

それからしばらくの間、テレーズさんの審査が続いた。彼女が1本1本を審査していき、クリフト殿下との協議の末、審査結果が出た。

「アイラは4本全てエリクサー以上のアイテムで間違いありません。そして、信じられないことに、最後の1本はエリクサーの全体化とも言われているエリキシル剤……これには言葉が出ません……！」

「エリクサー級アイテムの精製勝負の場で、エリキシル剤を作ってしまうとは！」

「信じられませんね。さすがはアイラ殿……いや、それにしても、まさかこれほどとは」

「ああ、その余裕が信じられん」

テレーズさんだけでなく、クリフト様とライハットさんも驚きを隠せない様子だった。すごく嬉しいけれど、ここまで言われると恥ずかしくなってくる。

「シスマさんは21本が上級回復薬で1本がエリクサーと、これも素晴らしいのですが、今回の錬金勝負の内容から言うと……」

「私の負け、ね……」

シスマはテレーズさんよりも先に、自らの負けを認めた。テレーズさんは静かに頷いている。

シスマは想像以上に落胆しているようだった。幻の雪女を連想させるその美しい顔からは、一滴の涙が流れている。

「ま、待て！」

「えっ？」

「ユリウス殿下……？」

第1回錬金勝負は私の勝利に終わった……はずなんだけど。そこに物言いをつけた人物が1人。先ほどまではオーフェンさんに支えられていたユリウス殿下だ。

殿下は予想外に大きな声を出した。さっきまでフラフラになっていた人とは、とても思えないくらいに元気だ。でも、その発言内容は……。

「アイテムの数では圧倒的にシスマが勝っているではないか！　エリクサーの成功は1本だったかもしれないが！　およそ30分間で4本しかアイテムを作れなかったアイラと比べるのは少々、失礼ではないか？」

悔し紛れの難癖にしては、驚くほどに真剣な表情だった。そんなに私を勝たせたくないのかしら……そもそも、なんでこんなに恨まれてるの？

「あの……どういうことでしょうか？」

呆れすぎてどうでもよかった。でもせっかくなので、ユリウス殿下の主張を聞いてみることにした。

「確かに……数の上では私の負けですね」

「そうだろう、そうだろう？　ふふん、やはり私の見込んだシスマの方がレベルが高いようだな！」

なんて答えればいいんだろう？　私は自分の方が上だと主張するつもりはないし、調子に乗ってたら逆転だってされるだろうから、ユリウス殿下の言葉に反論する気もないんだけど。

そもそもの問題として、ユリウス殿下は自らの考え方がおかしいって気付いているのかしら？　気付いているけど、もう引っ込みがつかなくなってる可能性が高そうね……。

「ユリウス殿下がここまでの方だったとは……」

「ユリウス殿下……」

テレーズさんは悲しそうにユリウス殿下を見ている。シスマも呆れて何も言う気がなくなってるみたい。私と同じ気持ちになってるのかもしれないわね。

私とシスマの錬金勝負でどちらが勝ったとしても、ユリウス殿下が誇れるところなんて、何一つないように思えるんだけど。テレーズさんが本当に可哀想《かわいそう》……ユリウス殿下のことはどうでもいいけど、彼女が悲しむ姿はあんまり見たくない。とても謙虚な方だし……貴族令嬢とは思えないくらいに。

「ユリウス……いい加減にしたらどうだ？」

「あ、兄上まで何を言っている？　私は間違ったことは言っていないぞ⁉」

「ユリウス殿下、もうその辺りで……」

「オーフェン！　お前まで！」

味方のはずのオーフェンさんまでが、ユリウス殿下の制止に入っている。もう完全に劣勢ね……ここまで来ると、ユリウス殿下も言葉が出ないみたい。

「ユリウス殿下」

「て、テレーズ！」

藁《わら》をも掴《つか》む思いなのか、ユリウス殿下は精一杯の笑顔でテレーズさんに助けを求めた。いや、この状況で、さすがにそれは甘すぎるでしょ……。

「勝敗の基準は、最初からエリクサー以上のアイテムの数です。今回は、アイラの勝利かと思われますが？」

「そ、それは……！」

あえて言わなかったけれど、言われて一番ダメージが行くであろうテレーズさんがはっきりと言ってくれた。なんだかすっきりしたわ。

「ご不満なら、アイテムの種類の関係ない数だけの勝負にしますか？」

テレーズさんの提案にシスマは即答する。

「数だけの勝負にしても……どのみち、私は負けています」

シスマは22本ものアイテムを作っていたけれど、自分が負けると確信しているみたい。確かに数さえ作ればいいのなら、シスマ以上の本数を作れる自信はあるけれど。

ユリウス殿下はまたふらつき始めた。それを執事のオーフェンさんが支える。ユリウス殿下、今日はとてもリアクションが忙しいわね……オーフェンさんも大変そう。

「ユリウス殿下、これ以上はお身体に障る可能性があります。すみませんが、皆さん、先に失礼してもよろしいでしょうか？」

「ああ、構わない。ユリウス、ゆっくり休めよ」

「兄上……」

皮肉たっぷりのクリフト様の一言。もう誰もが分かるくらいにあからさまな口調だった。

オーフェンさんはクリフト様に挨拶をして、ユリウス殿下を私室へと連れていく。彼らが調合室からいなくなる直前……。

「ユリウス殿下……アイラを追放した件については、後ほど、詳しくお聞きいたします。私の父なども連れて、私室へと参りますわ」

「テレーズ……！　ひい……！」

私でも、今のテレーズさんの言葉はとても怖かった。ユリウス殿下に至っては、まるで小動物のように縮こまってしまっていた。テレーズさんの味方、ユリウス殿下にとっては敵になる人物を複数引き連れて向かうっていうところが、特に怖いわね。

私は最初、この2人は結婚するのかと思っていたけど、とてもそんなことは起きなさそうね。

完全に戦意を喪失したユリウス殿下は、オーフェンさんに連れられて、今度こそ調合室をあとにした。

「ユリウス殿下って持病とかあるんですか？」

「いや、至って健康体だ。オーフェンの言葉は方便というやつさ」

「あ、なるほど」

クリフト様にはしっかりと見抜かれていましたとさ。

「アイラ」

「なに、シスマ？」

ユリウス殿下とオーフェンさんが調合室を出た後、シスマが口を開いた。

「今回は完敗ね……でも、今度は負けないから」

「うん、分かったわ。私だって追いつかれないように。頑張るから」

「ええ」

自然と私達は握手を交わしていた……交わした言葉はまだまだ少ないけれど、なんとなくシスマとは親友に近い関係になれたのではないかという実感があった。


「あ～～～、なんだか一件落着した思いですね」

私は非常にすっきりした気持ちで、思わず手を大きく伸ばしていた。なんだろう、この晴々とした気分は。テレーズさんやシスマとの仲も深まった気がするし、とっても楽しかったわ！

「一件落着か。いや、まだまだ予断を許さないとは思うがな」

「クリフト様？」

クリフト様は笑顔ではあったけれど、

「実は、ユリウスが行っていたヘッドハンティングの件なのだが……」

「ヘッドハンティング？」

なんだか、クリフト様は頭を抱えているような……ヘッドハンティングって、あれよね？　シスマを採用した時の……。

「ユリウスが主導して、議会を通して各地の錬金術士に声を掛けたわけだが……他にも何人かが採用を希望して、首都を訪れるらしいのだ。さらに、他国からの者も居るとか……」

「あ〜、なるほど」

ユリウス殿下はあんな感じになっちゃったし、後処理はクリフト様が行うことになると。クリフト様も大変ね。

「どうするんですか？　採用するんですか？」

「募集したのはこちらだからな。他国からの者もいる以上は、実力も見ずに不採用にするわけにはいかない。少し、忙しくなりそうだ」

シスマ以外のスカウト漏れの錬金術士ってことよね？　他国の人は違うんだろうけど。なんだか私は、あらためてワクワクしていた……私って好戦的な性格なのかもしれない。

「シスマ、テレーズさん、なんだか楽しみじゃないですか？」

「そうかしら？　私は別に……」

意外とシスマはドライだった。錬金勝負を持ちかけてきたのは彼女なのに。でも、テレーズさんは目を潤《うる》ませながら、懐《なつ》いている子犬のように私に話しかけてきた。

「そうですね！　とても楽しみです！　私は恥ずかしながら、世間をほとんど知らずに育って来ましたので……他の錬金術士の方と知り合って、成長の糧《かて》にしたいと思います！」

テレーズさんはある意味、私以上に楽しみにしているようだった。これではクリフト様は、余計に不採用にするわけにはいかないわね。気のせいか苦笑いをしているような……。

さてさて、こちらは私とシスマ、テレーズさん。それから、まだ会ってないけど、ミラ様とモニカ様の布陣で迎え撃つわ！　覚悟しなさい！　と、なんとなく心の中で敵を警戒してみた。

まあ、友好的な人ばかりとは限らないしね。

4章　不思議な出会い

くそ！　くそ！　なぜなんだ？　なぜ、こんなことに！　あの錬金勝負以来、私は苦悩に苛《さいな》まれていた。

手に入れたいテレーズからは見限られたような視線を浴びせられ……後日、アイラ追放に関して追及にも来ると言われる始末だ！　これも全て、アイラのせい！

「ユリウス殿下……恐れながら、申し上げます」

「なんだ……？」

オーフェンが話しにくそうに私に問いかけて来る。

「はい……テレーズ様の訪問は既にご存じかと思いますが、議会から出頭要請が来ています」

議会から……？　ノルマは達成したし、次のノルマまでは時間があるはずだが……。

「どんな内容だ？」

「はい、端的に申し上げますと、アイラ殿を追放した件になります」

「なに……!?」

まずい……議会にもアイラを追放した時の詳細が知れ渡っているのか？　いや、そうでなくても……テレーズを通して伝わった可能性もあるか。いや、もっと言えば、兄上が告げ口を……！　くそ、卑怯者《ひきょう》め！

「ユリウス殿下……いかがなさいますか？　クリフト王子殿下は、ヘッドハンティングの後処理もなさっていますが」

「ヘッドハンティングだと？」

「ええ」

そうか……取りこぼしをしていた各地の錬金術士を集めるための作業か。

「それだ！」

「？　ユリウス殿下？」

テレーズや議会からの追及……これが本格化してしまえば、私は現在の王子の地位を失うかもしれん。だが、ヘッドハンティングの件を上手く利用すれば、あるいは……。いや、もうこれしか手段は残されていない！

「オーフェンよ、すぐにヘッドハンティングで集められるメンバーを調べるのだ。休んでいる暇などないぞっ！」

「ゆ、ユリウス殿下……しかし、ここは、しばらく静養という形で政治から退いた方が賢明では？」

「何を言っている……そんなことをすれば、兄上やアイラ達の思うつぼではないか！」

「ユリウス殿下、ですが……」

「いいから、お前はすぐに錬金術士に接触する要員を集めろ！　信頼できるメンバーをな！」

「しょ、承知いたしました」

簡単な話ではないか……錬金術士を総替えしてしまえばいい！　テレーズは惜しいが、私に逆らうようでは、そこまでの女だったということだ。

新たにやってくる錬金術士……そいつらが、現在の錬金術士達を打ち破ってくれれば、私の面目は立つというものだ！　そのためには、兄上より早く、新しい錬金術士達に接触する必要がある。

議会も所詮《しょせん》は実力主義だ……他国も含めたより広い範囲から錬金術士を集め、シスマやアイラ以上の者を見つければいいだけだ！　そうなれば、後の始末はいくらでもつけられる……これしかない。これは我が王国だけの問題ではない……世界中に存在する錬金術士の邂逅になるのだ。

アイラめ、せいぜい井の中の蛙《かわず》を楽しんでいるが良い！　すぐにその自信を打ち砕いてやるからな！

「ですが、ユリウス殿下、それではテレーズ様や議会からの追及は避けられませんが……」

「そちらはなんとか上手くやってみせる。この私を誰だと思っているのだ？」

私は次期国王になる存在だ。こんなところで足踏みしているわけにはいかないのだ。

◆◇◆◇◆

「だからシスマ、ここはこういう風に調合すれば……」

「なるほど……そういう考えもあるわけね」

第1回錬金勝負から2週間以上が経過していた。店は本日も盛況で、お客さんの入りも上々。宮殿での錬金勝負はクリフト様やテレーズさんを通して街の人にも伝わったようで、私に会いに来る人も増えていた。

いや、私はそんな大した人物じゃないんだけど……冒険者の間では「奇跡の錬金術士」とかいう異名が付いてるみたい。奇跡ね……ネーミングセンスはともかく、そう呼ばれるのは悪くないかも。単純に売り上げ増加にも繋がるし。

そして私は宿屋の調合室でシスマと調合研究をする日々を送っていた。彼女は宮廷錬金術士だけど、意外と時間があるのか、毎日私のところにやって来る。

それで2時間ほど調合室に籠《こも》ってから帰っていくのが通例になってきた。

「アイラ、これで蘇生薬は作れそうね」

「そうね、シスマ」

３大回復薬の一つ、蘇生薬。本当に死者を蘇生させられるわけではないけど、死後間もない命ならば蘇生が可能になる、冒険者の間では必需品に近い存在だ。私とシスマの２人は蘇生薬の調合を可能にし、レシピノートも完成させた。

「あなたに比べれば、成功率はまだまだだけど。必ず追い付いてみせるわ」

「うん、期待してるね、シスマ。でも、あんまり気負わないようにね？」

シスマはエリクサーの調合成功率も上がっているらしい。彼女は私との第２回錬金勝負を考えて、こういった行動を取っているんだと思うけど。

「無理をしているわけじゃないから。楽しみながらやってる」

「そっか、それならいいんだけど……」

シスマは上級回復薬の精製はほぼ完璧にできるとも聞いている。エリクサーや蘇生薬も完璧になれば、15種類程度のアイテムを作れるってわけね。テレーズさんは立場的に、簡単にこのお店に来られないけれど、調合できるアイテムは増えているらしいから、私は彼女も頑張ってるんだろうと推測していた。

「そういえば、クリフト様が以前におっしゃっていた、スカウト漏れの錬金術士を集める話ってどうなったのかしら？」

情報の詳細は私には伝わって来ない。シスマが知っているとも限らないけど、念のために聞いてみた。

「クリフト王子殿下はここへも来るでしょう？　その時に聞いていないの？」

「聞くのを忘れていたわ」

シスマは少しため息をついた。私がうっかりミスをしたみたいになってるけど、そういうことではないからね？

「実は……」

クリフト様に聞くのを忘れていた私だけど、シスマはどうやら話してくれるみたいね。

◆◇◆◇◆

「よく来てくれた。ローランド、それからエミリー」

「はい、シンガイア帝国からわざわざ来たんです。無駄足にならないことを祈りますぜ」

「ホンマやな。馬車で来るにしても時間かかってしまったし……」

シンガイア帝国は、ホーミング王国の西に位置する周辺国家の一つ。私の信頼のおける使者を向かわせ、本日、応接室に座っているこの2人の錬金術士を宮殿に迎え入れたのだ。

ローランド・キースとエミリー・キース……男女の双子であり、ローランドはやや気質の荒い性格で、エミリーの方は妙な言葉遣いをしている。かなり個性が強いようだ。見た目や話し方からは想像がつかないが、2人とも貴族であり、シンガイア帝国では並ぶ者がいない存在らしい。

さらに、2人で1つのアイテムを調合する「双性錬金」という方法を開発したとも聞いている。兄上が後処理をしている錬金術士の募集に関連して、メンバーが他にも数人来る予定だが、彼らが一番最初に宮殿に到着したのだ。あとは確か、王国内のスカウト漏れの人員と他国からの者1人だったか。

「なあ、姉貴。せっかくだからよ、ホーミング王国の最新設備ってのを拝見してみたいと思わねぇか？」

「そうやな、ウチらもそこで働くわけなんやし。ユリウス王子殿下、見せてくれません？」

いきなり我が国の調合室への入室を希望するとは……だが、断るわけにもいかない。2人の実力の把握が必要なことは当然だが、それ以上に私の味方に付けておく必要がある。ここで断って心証を悪くするのは適当ではなかった。

「分かった。案内しよう」

「ありがとうございます、王子殿下」

独特の言い回しで私に話しかけるエミリーは青い長髪が特徴だ。それとは逆にローランドの方は燃えるような赤い髪。この辺りからして、既に個性が強すぎるイメージがある。

現在はテレーズやミラ、モニカが調合室を使っているはず。会わせていいものか悩んだが、大丈夫だろう。調合室自体も、少し前にはアイラとシスマの錬金勝負などという茶番劇が行われた場所だしな。

私の計画では、このローランドとエミリー、それから他に入る錬金術士で総入れ替えを考えているのだ。テレーズやミラ、モニカ達とこの2人が会ったらどうなるのか、楽しみではある。

未知数の2人の実力を知る良い機会でもあるので、私は快く案内することにした。

◆◇◆◇◆

ユリウスには甘くしすぎたかもしれない……アイラ追放の時点から、もっと奴には大きな罰を与えるべきだった。現在のアイラは特に気にしていない様子だが。彼女には、既に今までの給料は返還し、謝罪も込めて少し多めに渡している。

まあ、アイラは受け取るのを拒んでいたが。いや、というよりは、遠慮していたのかな。

私は父であるケルヴィン・ホーミングに、ユリウスに関する報告をしていた。父上はホーミング王国の今後を考え、これまでは様子を見ていたのだが、最近のユリウスの行動は目に余ると思い始めたようだ。

「ユリウスの最近の様子はどうだ？　確か、テレーズ嬢や議会から追及されたと聞いているが？アイラ・ステイト追放に関して」

2週間以上前の錬金勝負の時に、ユリウスはテレーズ嬢から追及されていた。その後、議会から出頭要請も出ているのだが……。

「ユリウスはこの2週間、出頭を拒否し続けています」

「そうか……」

ユリウスは自分の立場が悪くなることを恐れ、体調不良と言い、自らが懇意にしている公爵などの権威を使って、アイラ追放問題から逃げていた。呆れたものだが、保身に長《た》けた点については さすがとしか言いようがない。

そして、一番の問題は……

「ユリウスはおそらく、独自のルートから腕利きの錬金術士を集めています」

「それはヘッドハンティングの名残りなのだろう？　お前が管理していると聞いているが？」

「それは確かにその通りですが……」

表向きは私が引き継いだことになっている。

だがユリウスは、私よりも先にその者達に接触しようとしている。現在の錬金術士との総入れ替えを考えているはずだ。

今のユリウスにとって、テレーズ嬢やシスマなどは邪魔な存在だ。全ての錬金術士を自分の息の掛かった者と入れ替え、以前の者達よりも優れているとアピールしてその実力を議会に認めさせることで、自分の今までの罪を有耶無耶にしようとしている。私はそのことも父上に報告した。

「では、どうするつもりだ、クリフト？　ユリウスが新しい錬金術士に接触する前に潰すのか？」

「そうですね……」

ユリウスによる錬金術士の総入れ替え……そんなことはできるはずがないと教えてやる必要がある。あの男はアイラという人間を舐《な》めすぎている……この前の錬金勝負を見ても、まだ本質的には分かっていないようだからな。

奴の自信を完全に断つ……これがユリウスに対しての何よりの罰となるだろう。そのためにはもう少し、泳がせておく必要があった。

「もう少し様子を見ようと思います」

「そうか、分かった。今後のホーミング王国の未来を作るのは、クリフト……おそらくはお前になるだろう。今回の問題に関しては、私が手を出しては意味がないと感じている。お前の思う通りにやってみるがよい」

「かしこまりました、父上」

「うむ、ご苦労だったな、クリフト」

こうして、私の父上への現状報告は終わった。

◆◇◆◇◆

他国の錬金術士であるキース姉弟と、我が国が誇る錬金術士テレーズ達との邂逅。私は多少の不安を持ってはいたが、実現させることにした。

「初めまして、テレーズ・バイエルンと申します」

「私はローランド・キースと申す者。よろしく頼むぜ、テレーズ殿」

「私はローランドの双子の姉で、エミリーと申します。よろしくお願いしますわ」

「はい、よろしくお願いいたします」

とりあえずの挨拶を終えた3人。その後に、奥にいたミラ、モニカとも軽く挨拶を交わしたようだ。

「国は違うけど、同じ錬金術士で貴族っていうところには変わりはないやん。個人的には敬語を使うの苦手やし、この話し方でもええかな？」

「はい、構いませんよ。私もエミリーさん、ローランドさんと呼ばせていただいてもよろしいですか？」

ふん……テレーズの奴め。すっかりアイラに感化されていると見える。あの錬金勝負の時と同じような流れにしているのが丸分かりだ。浮世離れしていたテレーズの面影がどんどん消えている。私への不信感はずっと持っているようだしな。

「それから、ユリウス殿下」

「な、なんだ……？」

冷たい視線が私を突き刺した。くそっ！　私がのらりくらりと、アイラ追放の件を避けているのがそんなに気に食わないのか、私への態度が180度変わってしまっている！　これも全てアイラのせいだ……今に見ているがいい！

「調合室の最新設備でございますが……お2人に説明してもよろしいのですか？」

テレーズはおそらく、ホーミング王国の極秘事項を他国の者に漏らしても問題ないのかを問うているのだろう。この2人はどのみち私の息の掛かった者になるのだから問題はない。ただし、実力が伴っている必要があるがな。

「ああ、問題ない」

「……ちょろいな」

……？　エミリーが何かをつぶやいたような気もしたが、気のせいか？　まあいい、早速、勝負をさせて2人の実力を試してみるとするか。シスマの奴が今はいないが、何とでもなるだろう。

「しかし、2人の実力次第、というところもあるのでな。錬金術士としての才能のない者には、ふさわしい情報とは言えんだろう？」

「いきなり挑発的な物言いやな。これでも、シンガイア帝国では並ぶ者はおらんかってんけど……」

「まあいいぜ、そっちの方が楽しめそうだ。俺がやってやるよ、ホーミング王国側の代表は？」

私の挑発的な言葉に、キース姉弟は楽しそうに乗って来た。お国柄というやつか、かなり好戦的な性格みたいだな。そうだな……まずは、ミラとモニカを出すとしようか。この2人も作れるアイテムの種類を増やしていることだし。

「そうだな、ミラとモニカの2人でどうだろうか？　まだまだ錬金術士としては、これからといったところではあるが」

「半人前かよ。なら2人同時に錬金しても構わないぜ。こっちは俺が1人で相手をしてやる」

「な……ずいぶんと余裕じゃない。後悔しても知らないわよ？」

「はっ、こっちのセリフにならないといいがな」

錬金勝負が盛りあがって来た……この状況を想定していなかったわけではないが。キース姉弟をはじめとした総入れ替えを計画している私ではあるが、心のどこかでミラとモニカを応援していた。

なんなんだ？　この感情は……やはり、他国の者には負けてほしくないという感情の表れだろうか。しかし勝負の結果は……。

「なんだよ、こんなもんか」

「そ、そんな……!?」

「2人で挑んだのに……！」

ミラとモニカの2人は、ローランドと錬金勝負を行ったが、その差は歴然だった。ミラ、モニカはそれぞれ6種類のアイテムの精製が可能なはずだ。回復薬や目薬など、基本的なアイテムの数を競っていたのだが……。

「ミラとモニカ合わせて9種類、数は19個になります。それと比べ、ローランドさんは12種類、27個のアイテム数……これは驚異的ですね」

しかも時間は20分間だ、複製機械は使わずに手作りでの条件での作業。なんということだ……まさか、ここまでの差があるとは！　作るアイテム自体は中級回復薬までが上限ではあったが。

ミラとモニカは2人で1人の錬金術士に完敗したことにより、憔悴《しょうすい》しきっているようだった。

「テレーズ、どうなんだ？　あのローランドという者は？」

「相当な錬金術士だとお見受けいたします。さすがはシンガイア帝国のトップの方だと思います」

20分間という時間での成果だ……作っているアイテムが違うので、単純な計算はできないが、その数は以前のシスマの30分間で22個の成果を超えるものだった。私は無意識のうちに顔から汗が流れている。これはかなりの逸材ではないか？

姉のエミリーが弟以上ならばさらに驚くべき事態だ。そして、切り札の「双性錬金」……。

「ユリウス殿下、どうでっしゃろ？」

「何がだ？　エミリー？」

急にエミリーが私に話しかけてくる。この独特の話し方はなかなか慣れないな……。

「錬金勝負にローランドが勝ったやろ？　ウチらが勝利する度に、ホーミング王国の最新設備を見せてもらうっていうのは」

「なに……？　それは……」

「ウチらが勝つたびに、そっちの情報をもらえる、いうことですわ。ウチら2人はどのみち、この宮殿で働くわけなんやし、悪い条件じゃないやろ？　錬金術の発展を考慮すれば、情報開示というのは重要ですし。二国間の協力にも繋がりますやん」

この女は何を言っているんだ……？　ローランドの奴も勝ち誇った表情で私を見ている。まあいい、勝敗には関係なく、この2人を使役することはできるんだからな！　この2人が加われば議会のノルマ達成はさらに余裕になり、私への追及も回避しやすくなるというものだ！

負けなければいいわけだからな。

「いいだろう、その挑戦に乗ってやろう。ただし……」

「ただし……？」

「そちらが負ければ、シンガイア帝国の秘密事項を提供してもらおうか」

「いいですよ、別に」

驚くほどあっさりと、エミリーは承諾した。本当にいいのか？　それとも、それだけ自分達の実力に自信があるのか。

「テレーズ、彼らの相手をしろ」

「かしこまりました、ユリウス殿下……」

憔悴しきっているミラとモニカの仇を討つべく、テレーズが前に出た。少しの休憩時間を設け、彼女とローランドとの勝負が始まるのだ。

「すぐにシスマを連れてこい。急げ」

「は、はい！　承知いたしました！」

調合室にいた護衛の1人に命令し、アイラの店に行っているはずのシスマを呼んでくるように言った。念には念を……というやつだな。

◆◇◆◇◆

お店の営業時間が終了した後、私は調合室に籠り、明日以降のアイテムを作っていた。

「毎日、こんなにアイテムを作ってるの？」

「そうね、最近は買いに来るお客さんも増えているから。在庫切れはできるだけ避けたいしね」

「それにしても、この数は……」

なんとなくシスマの心の中が読める気がする。軽く引かれているのかもしれないわね。今日は蘇生薬のレシピができたし、嬉しくてペースアップしているかも。

「ええと、いくつあるの？」

「えっと……アイテムは37種類かな？　数は……１５５個ね」

「宮殿の設備を利用せずに、よくもこんなに……」

といっても、１時間近くは経過している。それでも結構多い方かな？　エリクサーも10個ほど作ったしね。エリクサーの価格はかなり高く設定しているけれど、それでも有名な冒険者が買ってくれるから、これから作る量を増やしてもいいかもしれない。

前に冒険者ギルドで依頼した素材供給が上手く軌道に乗っているから、材料自体は集まりそうだし。あとは、宮殿にあるような高等錬金窯や量産機械を導入すれば、さらに効率が上がると思う。まあ、私の店でそれだけの設備を導入する必要があるかは分からないけど。

「あなたに追い付こうと考えていた私だけど……これは……」

「えっ？　どうかした、シスマ？」

「いえ、なんでもないわ。まあ、努力を怠ることはしないけど……なんというか、追い付けるビジョンが見えないわね」

シスマは小声だったので、何について話しているのか分からなかった。それにしても、エリクサーや蘇生薬も調合アイテムに含めれば、40種類くらいのアイテム調合が可能になったわね。

あとは、あらゆる状態異常を回復できるアイテムである万能薬か。他には全属性の攻撃を与える全属性瓶とか、それのお札バージョンの全属性札ね。ネーミングが適当な気がするけれど。その辺りのアイテムや、エリクサー、エリキシル剤、蘇生薬なんかは、冒険者の必需品でありながらレアアイテムだから、お店で買えるとなると需要は果てしないかもしれない。

実際、エリクサーは1万スレイブ（お金の単位）にしている。1万スレイブって、一般的な家庭の1カ月分の収入になるかもっていうくらいの価格。アミーナさんの宿屋の最高級の部屋の宿泊料と同じくらいだっけ？

超上級回復薬が2000スレイブ、上級回復薬が1000スレイブだから、まさに破格の金額ね。でも、有名な冒険者はそれ以上に稼いでいるので、高難度のダンジョンへ挑む時の必需品として買ってくれる。今回作ったエリクサーが全て売れれば10万スレイブ、それだけで1年近く生活できそうだわ。

「アイラあなた……お金持ちになったら、何をしようか、って考えているでしょう？」

「えっ、いや……！」

私の表情を読み取ったのか、シスマから強烈な突っ込みが入りました。反省いたします……。

そんな和やかなムードが流れていた時、私とシスマが居る調合室に人影が現れた。最初はライハットさんかと思ったけど、どうやら違うみたい。

「シスマ様、ここにいらっしゃいましたか！」

「どうかしたんですか？」

身なりからすると、シスマの護衛……というより、宮殿で働く執事みたいね。今日はシスマは、私のところへ来ると伝えているはず。それで来たんだろうけど、何かあったのかしら？

「早急に宮殿にお戻りいただけませんでしょうか？」

「何かあったんですか？」

「他国の錬金術士が今、宮殿に来ております」

「……それで？」

他国の錬金術士？　それって、シスマから聞いたヘッドハンティングの件と関連する事態よね？　ユリウス殿下が性懲《しょうこ》りもなく色々やらかしているみたいだけど。

「その錬金術士達は、錬金勝負に勝ったら、ホーミング王国の情報を開示するよう要求しております！　既にミラ様とモニカ様は敗北しておりまして……！　現在はおそらく、テレーズ様が勝負を挑んでいると思います！」

他国なんだし、そりゃあ、周辺国の中でも最大級と言われているホーミング王国の設備のことは気になるわよね。でも、錬金勝負に勝ったら、ていうのがフェアな人達な気もするけど。最悪、受けなければいい話だし……でも、ユリウス殿下の立場を考えれば仕方ないのか。

「シスマ、私も行くわ」

「馬鹿を言わないで、アイラ。あなたは今、宮廷錬金術士ではないでしょう？」

「それはそうだけど……」

「ホーミング王国にとって、今のあなたはただの一般人なのよ。アイラに頼って事態を収束させるようでは、ホーミング王国の錬金術の未来なんてないわ」

確かにそれは正論かもしれないけれど……でも、この状況で行かないなんてできなかった。

「でも、私も向かうわ。行くだけなら構わないでしょ？」

「分かったわ……ただし、手を出すのは禁止ね。約束できる？」

「うん、分かった」

「なら決まりね。早速、向かいましょうか」

手を出すのは禁止……それはつまり、相手の錬金術士と戦うのは禁止ということ。まあいいわ、シスマが負けるほどの相手とは考えにくいし。私は彼女との約束に頷き、一緒に宮殿へと向かうことにした……。

◆◇◆◇◆

テレーズはこの2週間、私への疑念を強めながらも、錬金術の試行錯誤を怠ることはしなかった。それは、アイラとシスマの錬金勝負を見て、彼女の中の火がついたのが起因しているのだろう。

現在では、単独でも10種類以上のアイテムを調合できていたはずだ。

ローランドとの錬金勝負……制限時間は先ほどよりも長く、30分に設定した。勝負の内容も、より高レベルのアイテム精製というものだ。これは、アイラとシスマの錬金勝負とほぼ同じ内容と言えるだろう。

質と数が考慮される錬金勝負ということだ。上級回復薬1個と中級回復薬3個が大体、同じくらいの価値になる。勝負の判定をするのはミラとモニカ、そしてエミリーの3人だ。それぞれ、中立の立場で判定することを約束している。

これが破られれば、国際問題にもなりかねない事態だ。なにせ、賭けている物が大きいからな。エミリーも自らの弟に対して有利な判定を下すことはあるまい。

ローランドとテレーズの錬金勝負が始まって、10分が経過しようとしていた。2人とも7本ずつのアイテムが並んでいる。アイテムの数だけで言えば、互角か……だが、私には何を作っているのかは分からない。ミラとモニカの2人に尋ねることにした。

「どうなんだ、勝負の方は？」

「今のところは互角です……でも、相手は中級回復薬ばかりを作っています。あれは単純にアイテム数を増やしていますね」

　ということは、あれが終わった後で、より高レベルのアイテムを作る算段ということか？

まだまだ勝負は始まったばかりだが……私は既に、嫌な予感がしていた。

◆◇◆◇◆

「これは……‼」

　私とシスマが宮殿内の調合室に入った時には、既に錬金勝負の決着が付いていたみたいだった。勝負内容などは分からないけれど、戦った相手は見慣れない赤髪の男性とテレーズさんだということは分かった。男性は勝ち誇ったような表情をしており、テレーズさんは地面に伏していたから。

　といっても、別に殴られて倒れているわけじゃなくて、敗北した悲しみで倒れ込んでいる感じね。

「どうやったん、ローランド？」

「ああ、前の2人がかりよりは骨が折れたが……ダメだな。俺の相手じゃねぇよ。姉貴が出る幕はなかったな」

「ふ〜ん、やっぱりそうか」

姉弟かな……青い髪の女性が赤髪の男性に話しかけているけど、雰囲気はともかく、顔はあんまり似てないわね。男女の違いもあるし。それからすぐに2人は私達の存在に気付いた。

「なんや、新しい2人が現れたみたいやけど……新手の錬金術士さん？」

独特なトーンで私達に声をかける青い髪の女性。好戦的な印象は受けたけど、敵意むき出しっていう感じではなかった。この2人が他国の錬金術士よね？

「テレーズさん、大丈夫ですか!?」

「シスマさん……ええ、身体は何ともありません。ただ、そこの方と錬金勝負をしただけですので……」

とりあえずテレーズさんは何ともないようで安心したわ。

「テレーズって言ったか？　まずまずの錬金術士だな。シンガイア帝国に来る気はないか？」

「えっ……？」

さっきまで錬金勝負をしていたと思われる赤髪の男性が思いっきりスカウトしてるし。

「いえ、遠慮しておきます……」

「そうか、残念だな。しかし、勝負には勝ったんだ、最新設備をいくつか見せてもらうぜ」

そんな賭け事までしてたのね……大丈夫なのかしら？

「ユリウス殿下……」

「くっ、仕方あるまい……後ほど、見せることにしよう」

仮にも第二王子様がそう言うなんて、ちょっと信じられなかった。シンガイア帝国に技術が流れて行くわよ。ユリウス殿下はその後、私がいることに何か言いたそうだったけど、状況が状況だけに、何も言うことはなかった。

テレーズさんと赤髪の男性……確か、ローランドって言ったっけ？　2人が作ったと見られるアイテム類を私も拝見してみた。ふむふむ……テレーズさんは4種類、数は17個ね。アイテムの種類は風邪薬の上位版の特効薬から上級回復薬まで、そこそこのアイテムに収まってる。本当に腕を上げてるって分かるラインナップだった。対して、ローランドの方は……。

アイテムの種類は6種類、数は41個……より、高レベルのものを作るお題だったようだけど、ここまでの差がついては、テレーズさんの落胆の気持ちも分かる気がするわ。超上級回復薬や上級回復薬も作っているけど、中級回復薬を混ぜることで、制限時間内でのアイテム数を増やしているのはさすががね。それ以外にも、ダークポーションとマインドポーション、さらには火炎瓶まで作っているわ。

この低レベルのアイテムで数を増やすやり方……こういった勝負事に慣れている証拠かも。

「……」

「しかし、姉貴。宮廷錬金術士と謳っている3人は大したことがなかったぞ。本当にここは、最新鋭の設備のあるホーミング王国なのか？」

大袈裟《おおげさ》に手を振り、こちらを挑発しているようにも見えるローランド。あれはわざとね……さらに上の者がいれば、かかってこいっていう合図みたいなもの。このローランドという男からは、そんなに浅はかな印象を受けないし。姉のエミリーも同様だった。

「ホーミング王国なんは間違いないよ。でも、まだ勝ち誇るのは早いかもしれんよ」

エミリーはそう言いながら私に視線を合わせる。

「ローランドとテレーズ嬢の作ったアイテムを見ても涼しい表情……あんた、名前は？」

涼しい顔で見ていたことを看破されている……この観察眼はただ者ではなさそうね。

「アイラよ、アイラ・ステイト。敬語は省かせてもらうけど、問題ないわよね？」

「別にかまへんよ。確か事前の話では、宮廷錬金術士にその名前はおらんかったと思うけど」

私が説明しようと思った時、近くにいたシスマが先に口を開いた。

「私がもう1人の宮廷錬金術士のシスマ・ラーデュイ。そっちの子は身分的には一般人よ」

「へえ、一般の錬金術士もおんねんな」

「まあ、色々あってね」

追放された云々の話はややこしくなるので省くことにした。私としても意味なく思い出したくはないし。

「あんた……相当できるやろ？　ちょっと勝負せぇへん？」

「いや……そんな喧嘩《けんか》みたいに言われても……」

エミリーは明らかに私との勝負を望んでいるようだった。そんなに錬金勝負って楽しいかな？　今、私と勝負してもメリットはなさそうだけど。私は部外者だから、最新鋭の設備見せろ！　とか言えないしね。

「ウチの国では割と有名なんやで、錬金勝負て」

「そうなんだ」

お国柄の違いってやつかしらね。だから、さっきから私との勝負を望んでたのね。特に賭けるものがなくても勝負したい、みたいな視線が飛んで来てたし。

「ダメよ、アイラは関係ないから。錬金勝負だったら、私が受けるわ」

「へえ、おもろいやん。でもあんたが負けたら、さらに除法開示が進んでしまうで？」

「私が負けるとでも？」

「……言うてくれるやんか」

シスマは表情を一切崩すことなく、エミリーの挑発に乗っている。テレーズさんの敵討ちみたいな想いがあるのかもしれない。すごくかっこいいし……。

「ホーミング王国とシンガイア帝国との錬金勝負、か。なかなか面白い展開だが、その話は一《いっ》旦《たん》、置いてもらえるかな？」

「クリフト様！」

「あ、兄上!!」

私とユリウス殿下は同時に、調合室に姿を現したクリフト様の名前を呼んだ。ユリウス殿下は驚き以上に恐れているようにも見える。おそらく、クリフト様の後ろに数人の錬金術士と思われる人の姿を見たから。

シスマとキース姉弟による錬金勝負……調合室の雰囲気はまさに、それが実現しそうになっていた。その雰囲気を破ってくれたのがクリフト様。

「あ、兄上、なぜここに!?」

「なんだユリウス？　そんなことも分からないのか？　後ろの彼らを見れば分かるだろう？」

「……錬金術士達を、連れて来たのか……」

「ああ、そうだ。当たり前だろう？　私はお前のヘッドハンティングの後始末をしているんだからな」

ユリウス殿下の言葉にクリフト様は相槌を打っていた。やや、皮肉が入っているように見えたけど。数人の錬金術士達を調合室に入れた。

「ここがホーミング王国の宮廷錬金術士の調合室か……！」

「広い……それに、見たこともない設備だらけだわ！」

クリフト様が連れて来た錬金術士は全部で5人だった。おそらくそのうちの4人は、シスマと同じような立場の、各地のスカウト漏れの人達だ。彼らは私が初めて宮廷錬金術士としてここに入った時と同じように調合室の内装に驚いていた。

「……」

ただ1人……20代、かな？　紫色のストレートヘアの女性。赤い瞳のシスマも雪女を思わせるけど、負けず劣らずの不思議な雰囲気を漂わせている……漆黒の瞳。明らかに他国の人間だと、話す前から物語っていた。

「ふむ……ここがホーミング王国の調合室か。素晴らしい設備が整っておるようじゃな」

想像以上の話し方だった。いえ、正しい話し方なのかもしれないけれど。これはもう、完全に他国の人間だわ。

「お主がアイラ・ステイト、じゃな？」

驚いた……私が視線を送っていたからかもしれないけれど、私の名前を知っているの？　ただの一般錬金術士の私なんかを。どこかで会ったっけ？

「は、はい、そうですが……ええと、あなたは……？」

「ああ、これは失礼したの。わらわの名前はオディーリア・カッサバルトじゃ。年齢は……まあ、非公開にしておこうかの」

意外と冗談が好きそうな話し方だ。でも、カッサバルト？　どこかで聞いたような気が……。

「オディーリア殿はライドン女王国の次期女王陛下になられるお方だ」

「ええっ……!?」

ていうことは、クリフト様やユリウス殿下クラスの身分？　いえ、次期女王陛下なら、もう一つ上になるのかな。し、信じられない！　他の４人の錬金術士達も、オディーリア様の素性に度肝を抜かれているようだった。

「ど、どうして、そんなお方が……!?」

「なに、わらわにはどうやら、錬金術の才覚があったようじゃからな。ホーミング王国の募集に応募してみただけじゃよ」

さらっと言ってのけるオディーリア様だけど、ライドン女王国の次期女王陛下が他国で錬金術をやって大丈夫なのかしら？　私はまず、そこが信じられなかった。

「ふむぅ、よいよい。しっかりと芯《しん》の通った美少女に成長したようじゃな。一人でも生き抜ける能力……そんな余裕をひしひしと感じるぞ」

「ええと……？」

周囲の驚きの声とは裏腹に、オディーリア様は明らかに私を見て話しているようだった。キース姉弟も個性的だけど、この方はまた、別のベクトルで個性的だわ。錬金術士って、ちょっと不思議な人がなりやすいのかな？

宮殿内の調合室には、宮廷錬金術士がくつろげるスペースも用意されている。調合のための設備が配置されている部屋と、飲み物や食事、仮眠などが行える奥の部屋とに分かれているのだ。

私達はそのスペースへと、クリフト様によって誘われた。10人を軽く超える大所帯だけど、普通に入れるほどに広い。

「これで周辺国家を含めた錬金術士が集《つど》ったわけか……なんというか、壮観だな。そうは思わないか、ユリウス？」

「あ、ああ……そうだな、兄上……」

ユリウス殿下はすっかり元気をなくしていた。２週間以上前の錬金勝負の時も同じような態度になっていたけど、今はそれ以上かもしれない。オーフェンさんもいないし。

私はオディーリアさんのことが気になっていた。

彼女の言葉はまるで私の幼少期を知っているかのようだった。私の小さい時を知っている？

確かに5歳とかの記憶なら、私もそこまで覚えてはいないから、出会っていても不思議じゃないけど。父さんや母さんなら知っているのかな？

そういえば、リンクスタッドに来てから戻っていない。今度、帰ってみようかな。何か分かるかもしれないし。

それで、今は5人の錬金術士がテレーズさん達と挨拶を交わしていた。

「テレーズ・バイエルンと申します。よろしくお願いいたします」

「アンドレア・ホープです」

「レグナント・ウォールっす。よろしくっす！」

「シェーナ・ミカヅチと言います。よろしくお願いします」

「レイア・バルコークです、よろしく〜〜〜」

アンドレアにレグナントという2人の男性と、シェーナ、レイアという女性陣。それから、ローランドとエミリー姉弟に、オディーリア様の計7名が加わるわけか。覚えるのが大変だけど、特徴的な人も多いし、なんとかなりそう。

◆◇◆◇◆

くそう……間に合わなかったか。残りの５人は先に兄上と接触してしまった。しかも、オディーリア・カッサバルトほどの大物まで参加していようとは！　なんとか錬金関連の事業の主導権を私が握らないと、宮殿での立場がますます悪くなってしまう！

先に私が接触できたのはキース姉弟だけだが、それはある意味、幸運だったのかもしれないな。先ほどはテレーズ、ミラ、モニカが倒され焦ったが。冷静に考えれば、実力者と分かったことは非常に大きい。我が国の最新設備を餌に協力関係を築けばいいのだからな。

秘密の暴露については、議会からの承認を取るとして……この後はどのように進めるのが正解だ？　兄上が５人の錬金術士を連れて来た時は驚いたが、まだまだ挽回の余地はあると言えよう。

キース姉弟はおそらく、新しく集った７人の中で最高の腕を有しているはず。なにせあのテレーズがあっさりと敗れるほどだからな。シスマやアイラも、この２人には及ぶまい。

「ユリウス、何か言いたいことはあるか？」

「いや……今のところは特にない」

「……そうか」

ホーミング王国内で錬金術の主導権を握ることは、私が次期国王になるためには必須だ。兄上よりも上に行くためには……まず、アイラを蹴落とす必要があるな。

私には切り札の「双性錬金」を携えたキース姉弟がいるのだ。完全に味方かどうかはともかく、この2人の実力は先ほどの錬金勝負で証明済みだ。

「くっくっく」

「どうかしたかの？　ユリウス殿下？」

「いやいや、なんでもない」

ついつい、オディーリアと目が合ってしまったか。アイラの奴はアミーナとかいう女主人の宿屋で店を構えている。近くの建物を適当に買収するとするか。

「しっかし、なんかこう……錬金勝負が中途半端な形で終わったのが消化不良だぜ」

「ホンマやな〜、それなりに楽しめそうな人らもいるみたいやし、最後までやりたかったな」

どうやら、キース姉弟は消化不良気味に終わった錬金勝負に不満を持っているようだ。大丈夫だ、安心しろ。お前達には別の楽しみを用意してやるさ。

「エミリー、ローランド」

「なんだい、ユリウス殿下？」

「なんやのん？」

「ああ……少し相談なんだが、店の経営に興味はないか？」

「えっ？」

エミリーとローランドはどこか呆けた顔になった。だが、好戦的なこの2人は、私の提案に乗ってくるはずだ。私の栄光への架け橋……せいぜい、そのための材料になってもらおうか。

◆◇◆◇◆

「あ～～、なんだか疲れた……」

すっかり夜も更けた頃に私はアミーナさんの宿屋へと戻って来た。錬金術士達の会合は終わったわけではないけど、あんまり遅くなるのも悪いので、私だけ先に馬車で送ってもらった。オディーリア様やキース姉弟の動向は気になるけれど、今日はもう錬金勝負とかはしないみたいだし、大丈夫よね、きっと。

「お疲れ様です、アイラ殿。本日はお疲れでしょう、ゆっくりとお休みください」

「いえ……なんだか、お店の方を任せっきりで申し訳ありませんでした」

私とシスマが宮殿にいる間、ライハットさんはずっと私の店にいたことになる。もう店じまいの時間ではあったけど、なんだか悪いことをしちゃった。

「いえいえ、お気になさらずに。アイラ殿が向かわなければ、もしかしたらまずい事態になったかもしれません」

まずい事態、というのは錬金勝負とかに負けて、国家機密が全部漏れてた……とか、そういう類のことかしら？　詳しくは聞かないでおくけど、たぶんそうなんだろうな。

「買いかぶり過ぎですよ……私なんて、１人の錬金術士でしかないんですから。私１人で大きな流れを作ることなんてできません」

いくらたくさんの調合ができると言っても、それはアミーナさんに設備を提供してもらっているから。素材は冒険者ギルドやクリフト様から供給してもらっているし。お店の従業員として、ライハットさんだって手伝ってくれている。

全てを私１人でやろうとしたら、とんでもなく大変だわ。というか、間に合わないわ。

「ははっ、あなたは誰とでも気兼ねなく話せる大らかな人だ。それに……謙虚さも持ち合わせている」

「あ、いえ……」

なんだか急にライハットさんが真剣な眼差しになった。私は熱いものを感じてしまう。

「それでいて、自信家な面も持ち合わせている。あなたほどの実力者が謙虚なだけでは、逆に反感を買いかねない。ちょうどいいバランスを保っていると思いますよ」

「ど、どうも……ありがとうございます……」

「クリフト王子殿下が少々、羨《うらや》ましくもありますね」

ん？　あんまり聞いちゃいけない言葉が聞こえたような……クリフト様が羨ましい？

「ああ、お疲れなのに本当に申し訳ない。私はそろそろ帰るといたします」

「あ、は、はい！　お疲れ様でした……！」

ライハットさんはやや顔を赤らめ、私に礼をすると、足早に宿屋から出て行った。そういう表情で去るのはズルいと思う……次にどういう言葉を掛ければいいのか迷うし。

「ライハットさん……か」

クリフト様は第一王子で、次期国王陛下の最有力候補だし……って、何を考えてるのよ、私は！　慌てて首を勢いよく左右に振った。そんな私の恥ずかしい様子を見ていた人物がいる。

「ふふふ、青春ね」

「あ、アミーナさん……！　い、いつから見てたんですか？」

「ふふふ、最初からよ、最初から」

笑顔で恐ろしいことを言うアミーナさん……全く気付かなかったわ……。


それから、次の日……。

私は薬屋「エンゲージ」の開店前に、商品在庫のチェックをしていた。

本日も冒険者を中心にお客さんはたくさん来ると思う。最近、未踏ダンジョンが発見されたとか聞いたし、今日も張り切って売り上げを伸ばそうって思っていた矢先、お店の外から大きな音が聞こえてきた。何かを打ち付けるような音が連続して響いている。

「何かしら？　工事……？」

「そうみたいね、あら……大きな看板だわね」

私は桜庭亭から出て、大通りの向かいの建物を注視した。

昨日までは鍛冶屋だったけど……今は改修が進んでいて、その面影はない。打ち付けられている看板には【薬屋、キースファミリー】って書かれている。

ネーミングセンスはともかく、あの錬金術士のキース姉弟の店？　だとしたら……ユリウス殿下の傘下に入っているのか、彼が選んだみたいだし。絶対に良いことは起こらない気がする。

「ふははは、アイラではないか。このような場所で会うとは、奇遇だな」

「ユリウス殿下……おはようございます」

朝から最悪な人に出会ってしまったけど、相手は一応、第二王子様だから、最低限の挨拶はしておく。

「奇遇って、どういう意味ですか？　明らかにわざとですよね？」

私は大きな看板が付けられ、工事も完了しそうになっている建物を見ながらそう言った。ここでキース姉弟が薬屋を開くのだとしたら……私の店への妨害行為みたいなものだ。

そもそも、昨日まで厳格なトムおじさんが営業していた鍛冶屋「サントロップ」だったのに、1日で別の店になること自体があり得ない。王族や貴族の力が働いていなければ不可能だ。

「なんのことかな？　それよりも、今日からここで、シンガイア帝国からの使者であるキース姉弟が店を開くことになる。アイラのところも同じような薬屋だったな、お互いに切磋琢磨《せっさたくま》して、首都リンクスタッドを発展させてくれることを願っているぞ！」

「はあ……」

ここまであからさまだと、逆に清々《すがすが》しいくらいね。切磋琢磨とか、わざとらし過ぎて笑えて来る。実際に、後ろに立っているオーフェンさんは表情で私に謝罪しているみたいだし。

営業妨害になるのは確実だけど、クリフト様もいるし、私の店を直接攻撃はできないようね。直接攻撃をして来てたら、さすがの私も許さないけれど。

ユリウス殿下にしてはまあ、マシな方なのかもしれない。

この人は次期国王を狙って、錬金術でクリフト様の上に立とうとしてるんでしょうね。シンガイア帝国のキース姉弟を使って、っていうのが、どうかしてると思う。裏切られるリスクとか考えてないのかな？

「おう、アイラ・ステイトじゃねぇか、また会ったな」

「久しぶり……でもないか。昨日会ったばっかりやしな」

ユリウス殿下と話していると、ローランドとエミリーの双子が私の前に現れた。相変わらず挑戦的な感じだったけど、朝だけにどこか落ち着いていた。

「おはよう」

「おはよ、今日はちょっと寒いな。寒暖の影響で風邪ひかんようにな」

エミリーに心配されちゃった。でも、こう見えても私は生まれて17年間、風邪とか引いたことがないのよね。子供の頃の記憶は曖昧だけれど、たぶん、合ってると思う。

「心配には及ばないわ。これでも身体は丈夫な方だから」

「さよか、それならいいんやけど」

「姉貴、世間話している場合じゃないだろ？　今日から俺達はこの女の店の前で薬屋を開くんだ。商売敵《がたき》とじゃれ合うのもほどほどにな」

「分かってるって」

やっぱり……2人はここで店を開くんだ。ユリウス殿下の差し金なのは間違いないけど、2人もそれを承諾したってわけか。しかし、昨日の今日で店をオープンさせるなんて、どれだけハイペースなスケジュールなのよ。

まあ、もちろん負ける気なんてさらさらないけどね。

「なるほど、キース姉弟のお店が目の前に建ったわけね」

「そういうこと。あの2人って、双性錬金とかいうのでアイテム数も増やせるみたいだし、私達も種類は増やしておいた方がいいかもね」

「いえ、既に蘇生薬も含めて40種類あるんだし、必要ないと思うけどね……」

私はシスマと話している。彼女が調合室にいるのは、最近では普通のことだった。

エミリー・キースとローランド・キースの2人が、どのくらいの強さかは分からないけど、油断は禁物だしね。

「さてと、キース姉弟は心配だけれど、私のやることは一つよ！」

「『エンゲージ』の経営ね」

「その通り！」

シスマは私の考えを分かってくれているのか、笑顔になっている。さてさて、彼女の笑顔で嬉しくなり、やる気がさらに満ちてきた。


「ほほう、ここがお主《ぬし》の店『エンゲージ』か」

「いらっしゃい……あれ？　オディーリア様……？」

お店が繁盛している中、予期せぬ人物が現れた。ランドル女王国の次期女王様であるオディーリア様だ。周囲に護衛の人の姿がないのが気になったけど、大丈夫なのかしら？

「アイラが店を出しておると聞いたのでな……様子を見に来たんじゃ」

「あ、そうでしたか……」

う～ん、この気さくな話し方は彼女の性格なのかな？　私は別に馴れ馴れしく話されても嫌な気はしないけど。オディーリア様とは昨日会ったばかりよね？

「各種回復薬から、攻撃系のアイテムまで。冒険者には必須のものが並んでおるの。売り上げも好調なのではないか？」

「あ、いえ、それは……あはは……」

あんまりはっきりと言うのもどうかと思ったので、私は適当にごまかしていた。でも、エリクサーなどを置いたこともあり、どこかの建物を借り上げても営めるレベルにはなっていると思う。このまま行けば首都リンクスタッドどころか、王国一の薬屋にだってなれるかもしれない。

「超上級回復薬も見事じゃが……ほほう、エリクサーと蘇生薬を並べておるとはの」

「……！」

さすがと言えばいいのかしら？　オディーリア様は一目見ただけで、エリクサーと蘇生薬の希少性に気付いていていた。

「1万スレイブに設定していますが、高かったでしょうか？」

「いや、効力から察すればむしろ安いくらいじゃろう。上位の冒険者であれば、価格が2倍でも購入するじゃろうしな」

2万スレイブでも売れる可能性があるなんて、夢が広がるわね。別に守銭奴《しゅせんど》じゃないから上げるつもりはないけど。

「価格帯については考慮してみます。それよりも……オディーリア様はお一人で来てるんですか？　大丈夫なんですか？」

彼女を狙う刺客にでも襲われたら大変だと思うけど……オディーリア様は平然としていた。

「心配はない。わらわはこう見えても、魔法や、その他武芸にも長けておるからの」

オディーリア様の発言はどこか超然としていた。刺客など現れても余裕で対処できるんだろう。オディーリア様って美人だし、女王様内定してるし、錬金術の才能もあって、武力面にも長けている……なんだろう、この劣等感は。

「それに、優秀な護衛がわらわを守ってくれているでな」

「えっ、そうなんですか？」

「うむ、そうじゃ」

辺りにはそれらしい人影はない……アミーナさんの宿屋のお客さんが変装しているとも思え

ないし。私が観察した限りでは、それらしい人は見つけられなかった。

「わらわも実は、この裏手の辺りで薬屋を開業しようと思ってな。本日はその挨拶にやってきたのじゃよ」

「オディーリア様がお店を？」

「うむ。どのみち、しばらくは女王国に帰る用事もないからの」

あ、完全に自由人だ、この人。今頃、ランドル女王国は頭を抱えていそうね……。でも、キース姉弟だけでなく、オディーリア様まで店を開くとなると……下手をすれば激戦区になってしまう。

「ふふふ、それではの、アイラ。わらわはこの辺りで失礼するとしよう」

「はい……またいずれ。私もオディーリア様のお店には伺いたいと思いますので」

「うむ、いつでも待っておるぞよ」

宣戦布告とでも言えばいいのか……オディーリア様は不敵に笑うと桜庭亭を出て行った。

「アイラ……今のお方って、ランドル女王国のオディーリア・カッサバルト様じゃないの!?」

「あ、はい。そうですね」

「やっぱり！　すごい人と知り合いなのね」

オディーリア様が去った後、やや興奮気味にアミーナさんが来た。フルネームで知っているなんて、結構、アミーナさんは物知りだと思う。

それにしても……キース姉弟にオディーリア様か。一筋縄ではいかなさそうな商売敵が現れたわ。もちろん、負けるつもりはないけど、私も相応の覚悟を持った方がいいかもしれないわね。

「さて、本日も順調でしたね」

「そうですね、ライハットさん」

本日も閉店の時間帯になってきた。私とライハットさんは、いつものように明日に備えて在庫の確認をして、店じまいの準備をする。

前から思っていたけれど、こういう時間はなんというか……信頼した者同士のあれなんじゃないかしら？　うう……ライハットさんからも意味深な発言を最近もらったばかりだから、余計に意識してしまうわ。

「どうかなさいましたか、アイラ殿？」

「い、いえ……なんでもありません」

思わず私はライハットさんの筋肉を見ていたような気がする。明らかにその辺の暴漢程度には負けない身体というか……そういうオーラを彼は纏《まと》っている。冒険者として仕事をしても、そこそこ有名になるんじゃないかしら？

そんなことを考えていた時……１人のお客さんがやって来た。この店は宿屋「桜庭亭」の中にあるから、最初は桜庭亭に泊まるお客さんかと思っていたけれど、カウンターにいたアミーナさんを無視して、こちらにやって来た。

その人は……全身黒ずくめの服装だった。短い髪も黒で、オールバックにしている。持っている角ばったカバンも黒……１９０cm以上はありそうな長身で、細身ながらも意外と筋肉質な外見。あ、お洒落なメガネがチャームポイントかも。

結構、インパクトの強い人だ。目つきは狐のように細いけど、全体としてはかなりの二枚目。そういうお店に行けば、間違いなく人気者になりそうな印象がある。

「ここが、アイラ・ステイトの店『エンゲージ』か？」

「えっ？　まあ、そうですけど……どこかでお会いしましたっけ？」

怖い……オディーリア様も私を知っている風に話しかけて来たけど、彼女は女性だ……男性にいきなり、自分の名前を呼ばれると警戒してしまう。それが例え、どんなに二枚目でも。第一、私は男性の良し悪しを見た目だけでは判断しないし。ライハットさんも、急に訪ねて来た彼に警戒心を抱いているようだった。

「ああ、悪い。俺の名はカエサル・ブレイズという。シンガイア帝国から来た医者だ」

「医者……？　お医者様？」

「ああ」

意外な職業に私は驚いてしまった。外見からは暗殺者でも通りそうだったから。

「その……カエサルさん？　一体、私に何の用ですか？」

どこで名前を知ったのか……私の注目はそこにしかなかった。

「アイラ・ステイト……君の名前なぞ、冒険者ギルドやその他ですぐに分かるぞ？　有名だということを知らないのか？」

「あ、それは……」

カエサルさんが名前を知る手段なんていくらでもあったのね。

「錬金術士として、風邪薬など色々なアイテムを作れると聞いている。俺は顧客として、君とは良好な関係を築きたいと思っている。医者にとっても薬の安定供給は必須だからな」

「なるほど、そういうことですか……」

理に適《かな》っている。まあ、彼が本当に医者かどうかなんてはすぐに分かるだろうし、この場で嘘なんてつかないだろう。私としても、お得意様が増えるのは喜ばしいことだ。

キース姉弟やオディーリア様との売り上げ勝負でも有利になるだろうし。それにほら、なんていうかその、うん、二枚目なお医者様と良好な関係って、悪くないというか？

違うわよ？　決して邪《よこしま》な思いなんてないんだから！　私の心はいつも聖人君子のような……。

「アイラ殿……考えていることが見え透いているといいましょうか……」

「えっ⁉　し、失礼いたしました！」

う～ん、ライハットさんには読まれていたみたい。やっぱり、お金に目がくらむとバレちゃうのかな？　えっ、そっちじゃないって？　どういうこと？

「俺はこの近くで診療所を開いている。暇な時にでも顔を出してもらえるとありがたい。詳しい話はその時にでも」

「かしこまりました。近いうちに、行かせていただきます！」

「では、今日はこの辺りで。あまり長居をすると、そちらの従業員に噛みつかれてしまいそうだからな」

「……」

んん？　従業員って、ライハットさんのことよね？　どういうことかしら？　とりあえず私達は桜庭亭から出て行くカエサルさんを最後まで見送っていた。

「あれは……強敵かもしれませんね……」

「ライハットさん……？」

強敵……？　確かに一筋縄ではいかない顧客という雰囲気はあったけれど。ライハットさんは、別の意味で「強敵」という言葉を使ったようだった。

「ふふ、青春ね……私もあと10年若ければ……」

アミーナさんがニヤニヤした顔で言った。ていうかアミーナさん、既婚者ですよね？　ああ、今は未亡人かもしれないですけど。

なんだか、色々と振り回される1日だった。


商売をする者にとってお得意様、つまり「顧客」の存在は非常に重要だ。顧客がたくさんいれば、定期的にどれだけ売れるという計算もしやすいし。お店の売り上げ向上にはむしろ必須。

「女、このエリクサーは1万スレイブでいいのか？」

「は、はい……1万スレイブですけど……」

カエサルさんと挨拶をしてから数日が経過した現在、私はそんな重要な「顧客」になってくれそうな人と話をしていた。今までも何度か来てくれていたけど……名前はシグルド・バーゼルさん。聞くところによると、トップクラスの冒険者なんだって。

「エリクサーが1万スレイブか、なるほどな……」

話し方も相当に怖く、白髪の長い髪、焦点の定まっていない鋭い瞳と相まって迫力を加速させている。身長もカエサルさんと同じか、もっと高いかも。何より、横幅が違うわね。太っているというわけじゃなく、ゴツい。

カエサルさんも、鋭い眼光を持っていたけど、シグルドさんの場合は……普通に怖い。その威圧感は圧倒的な強さから来ているんだろう。

「まあいい。そのエリクサー、5つもらおうか」

「5個……ですか?」

「ああ。なんか不都合でもあるのか?」

「い、いえ……特にないですけど……」

大人買いにもほどがあるレベルだった。彼の買い物だけで、私は5万スレイブもの金額を手に入れる。5万スレイブって言ったら、一般的な家庭の5カ月分くらいの収入に相当する。それをシグルドさんは即金で出して、5個のエリクサーを持って行った。う〜ん、アイテムの買い方まで迫力ある人だわ。

「彼がトップクラスの冒険者と称されるシグルド殿……なるほど、とてつもない威圧感ですね」

「ライハットさんでも勝てなさそうですか?」

ライハットさんは伯爵令息だけど、確か武闘派のはず。ここに来る前はクリフト様の護衛役でもあったはずだし。そういう意味で聞いてみたんだけれど。

「まさか……真っ向から挑んだら、勝負になるかすら怪しいですよ。私の場合は所詮、貴族として安全な立場にいますから。彼のように、命のやり取りをする場で生き残っている人物とは比べものにならないでしょう」

「そ、そこまでの差が……」

完全に予想外の返答が来た。ライハットさんの真に迫った表情からも嘘だとは思えないし。まあ、５万スレイブもの大金をアイテム購入に使える人だし、相応の実力を持っていても不思議ではないと思うけど。

彼が店のお得意様になってくれたら、それはもう、とんでもないほどの利益を生んでくれそう……。キース姉弟やオディーリア様も近くに出店していることだし、売り上げで負けないためにも、優良顧客を手に入れることは重要よね。

「シグルドさん……それから、カエサルさんかな……」

シグルドさんはエリクサーを5個も購入してくれた。あの時点で私の店の品揃えは分かってくれたはず。蘇生薬なんかもあるしね。品揃えで負けない限り、私の店のお得意様になってくれる可能性は高い。あとは、お医者様であるカエサルさんとのパイプの確保が重要かな？

「ライハットさん、私、カエサルさんの診療所に顔を出してみようと思います」

「か、カエサル殿の診療所、ですか？」

「はい……何か？」

「い、いえ……ですが、アイラ殿も有名になっております。護衛役として私も付いて行くべきと考えます」

すぐ近くだから大丈夫だと思うけど……でもまあ、心配してくれるのは嬉しいかな。

「ありがとうございます。じゃあ、閉店したら一緒に行きましょうか」

「はい、そうしましょう！」

なんだか、ライハットさんが元気になったように見えるけど、気のせいかな？　まあいいか。

とりあえず私達は、新たな「顧客」獲得のために動き出すことを決意した。

◆◇◆◇◆

「お邪魔します……」

「ああ、アイラに、ライハットか。すまないが、今は治療中でな」

「先生……痛いよ……」

私達は、カエサル診療所を訪れていた。用件は彼が前に訪れた時に言っていた、定期的なアイテム購入の件だけど。重要な顧客になってくれるかもしれないからね。

急造なのか、カエサルさん以外の従業員はいないっぽいけど。ここは以前は空き家だったはずだ。内装は簡素で、ベッドなど、診療に必要なものだけが置かれている状態だった。

しかも私が入った時には、椅子に座った子供の腕を縫合しているカエサルさんの姿があって……。部屋の隅には、その子供の母親と思しき人影もあった。神様にお祈りをしているのか、両手を合わせて目を閉じている。

「痛み止めは使っているが、やはり傷が深いからな。縫合はすぐに終わるから、我慢してくれ」

「う、うん……」

この場所は衛生的に問題はないのかしら……？　それに、魔法技術が発展している現代で、直接的な縫合手術というのも珍しい気がする。

「よし、終了だ」

「わあ……！　ありがとう、先生！」

「カエサル、先生……！　ありがとうございます！」

「いや、礼の必要はありませんよ。俺も商売としてやっているのだから」

そう言いながらカエサルさんは、縫合が完了した子供の右腕に包帯を巻いていった。縫合の技術については、私は分からないけれど、明らかに素晴らしい腕前だと思えた。それは隣に立っているライハットさんも同じだろう。縫合された子供の傷は完全に塞がり、非常に綺麗な状態に見えたから。

カエサルさんは、礼を言う親子から報酬を受け取り、そのまま帰した。特に入院が必要な怪我でもなかったみたいね。まあ、この急造仕様で入院するのは無理だとは思うけど。

「さて……患者も今はいないことだし、用件を聞こうか？」

カエサルさんは近くにあった小さめの椅子を私達の前に並べてくれる。アイテムの定期購入話をさせてもらうつもりだけど、先ほどの子供への治療技術や対応を見る限り、ぜひとも顧客になってもらいたい人物だ。

「この前の、顧客になっていただくお話ですけど……」

「ああ、そのことか。わざわざ来てくれたことには感謝しよう」

カエサルさんは治療の際に使っていた、薄手の手袋とマスクを外し、消毒液に浸しながら私達と話をしている。消毒液を周囲にもまき散らしながら。専用の機械みたいね。

「顧客……つまり俺は、君の店のお得意様になるというわけだな」

「はい……そういうことですね」

「アイラの店の品揃えを見て確信できたよ。俺はこのリンクスタッドに来てから日が浅くてな。診療所の開設も急な話だった。消毒薬やその他、風邪薬のようなものを調達したいと考えていたんだ」

なるほど、私としても嬉しいことだわ。ほら、定期収入って、お店にとっても大事だし。従業員を雇うことになった時とか、特に安定した収入があった方がいいしね。

「色々と細かい注文をするかもしれないが、それでよければ、ぜひとも贔屓《ひいき》にさせていただきたいと思っている。俺としても多くの患者を救いたいからな」

「しかし、急な話ですね……。診療所を開設する場合、たいていは宮殿、地方の場合は領主の許可を取ってからするものですが。一般的なお店の経営とは違う、人の命を直接扱う医療行為をするのですから」

生命を扱うにはそれ相応の覚悟がいる。ホーミング王国では許可申請を出すことを厳密に定められてはいないけど、診療所や病院の開設は事前許可を取るのが一般的だ。

「確かにその通りだが、色々と事情があってな。許可申請は後日行うことにした」

「そうですか、分かりました」

まあ、シンガイア帝国の人みたいだし、人の事情は色々だしね。あんまり深く追及するのも良くないわ。私だって宮殿からいきなり追放された身なんだし……。

「アイラ・ステイト……その金髪のロングヘアーが美しいな。それに青い瞳もだ」

「いや、割と多いと思いますけど……」

ホーミング王国だけじゃなく、周辺国家でも、金髪に青い瞳というのはありふれている。シスマみたいに、特徴的な美人だったら嬉しかったのに。あれ？　もしかして美人とも言ってくれてる？　なら、嬉しいかも。

「オディーリアのような外見はダメだ。作り物のような紫色のロングストレートに漆黒の瞳……おそらくあれは、髪を染め、カラーコンタクトをしているのだろう」

えっ？　そうだったの？　ていうか、オディーリア様のこと知ってるんだ、この人。

「アイラとは違って濃い化粧もしている。もしかしたら、古傷でも隠しているのかもしれないが。俺だったら、縫合でそんな古傷も治せるのだがな」

そう言いながら、彼は私の前に両手を差し伸べて来た。何の意味があるのかはよく分からないけど、自信の表れなんだと思う。ちょっとナルシストが入っているかもしれない……医者ってこういう性格の人が多いのかな？

「魔法技術が発達している現代で、縫合治療というのは珍しいですよね？」

「そうだな……場合によっては開腹手術も行うぞ。筋肉や神経、骨を接合し、回復に至らせる。時間が経った傷でも、俺の治療技術であれば、可能性がある。これが魔法との最大の違いだ」

「なるほど……」

回復魔法や回復薬は、怪我をしてから時間が経てば経つほど効力が弱くなっていく。冒険者が必需品として、エリクサーなどを欲しがるのは、後遺症を残さないためだ。

「しかし、人間の皮膚に傷を付けるためには、衛生面での強化が必要……アイラには、その手伝いをしてもらいたい」

「承知しました。私の店でできることであれば、なんなりとご依頼ください」

「分かった、頼りにしている」

「はいっ」

今日はこのくらいでお暇《いとま》しようかな。見ると、次の患者さんも来ているみたいだったし。結構繁盛しそうね。もしかして、かなり有名な人なのかな？

「それでは、私達はこれで失礼いたします」

「ああ、ではまたな」

私とライハットさんは、新しい患者とすれ違うように診療所をあとにした。

「ライハットさん、どうでした？」

途中からカエサルさんを睨むように見ていたライハットさんに、私は尋ねた。どの辺りからだっけ？　彼が両手を伸ばして、私の首辺りに触れそうになったところからかな？

「え、ええ……子供への治療技術は素晴らしいと思います。しかし……」

「しかし？」

「少々、おかしな点が見受けられるので、クリフト王子殿下に報告が必要ですね」

「報告ですか……」

私としては今後、顧客になる人を無暗《むやみ》に疑うのは嫌だけど、ライハットさんの立場もあるし仕方ないわよね。それに素材供給をしてくれる冒険者の人達や、シグルドさんなんかも怪しくない顧客？　かどうかは確定ではないんだし。

「それから……強敵だ」

強敵？　前にも聞いた気がするけど、どういう意味？　まさか戦闘能力ってわけではなさそうだし、錬金術でもないだろうし。ライハットさんの最後の言葉が妙に頭に残った。

◆◇◆◇◆

「は〜い、見て行ってな〜！　薬屋やで薬屋、キースファミリーや！」

「おお、こんなところに薬屋ができているとは……」

「目の前のアミーナさんの宿屋にアイラちゃんの店があるのに……」

「いややわ〜！　こっちの売りは双子による双性錬金！　華麗な調合を間近で見られるのが売りなんやで。ほらほら、一種のサーカスショーも兼ねてるんやから、見るだけでも見てってや〜！」

本日は朝からとても騒がしい日となっていた。桜庭亭の目の前にある、キース姉弟の薬屋。

なんと露天商のように、店舗から錬金窯などを出しての実演販売をしているのだ。

双子による抜群のコンビネーション、その名も双性錬金……調合アイテムの個数を劇的に増やすことができる錬金製法でもあるらしい。

「おお、なかなか楽しそうだな」

「ちょっと見て行こうかな……」

私も自分のお店が忙しいので完全には把握していないけれど……なんというか、キース姉弟は調合自体をお客さんに見せる形で、実演販売をしているようだった。飲食店などではたまに見る光景だけれど、まさかそれを錬金術の薬屋で実践するなんて……むむ。

「見てくれ！　これが双子による共演！　双性錬金だ！」

「おお、これは素晴らしい！　超上級回復薬がこうも簡単にでき上がるとは！」

「火炎瓶や雷撃瓶も、まるで魔法のように作り出すなんてな！　これはすごい！」

キース姉弟の実演販売の評価は上々のようだ。アイテムの種類では私に勝てないと悟ったのか、彼らはどうやら、パフォーマンスで勝負に来ているみたいね。背後にユリウス殿下の影がチラつかなければ、面白い商売敵と思えたけれど。そこだけが惜しい。

そんな風に考えていると、カエサルさんが私の店にやって来た。

「外はかなり盛り上がっているようだな。まるでお祭りのようだ」

「ですよね……キース姉弟っていって、シンガイアでは相当に有名らしいですけど」

「知っている。俺もシンガイア帝国出身だからな」

「そういえば、そうでしたね」

やっぱりあの2人って有名なのね。これは相当に強力な薬屋が誕生したのかもしれないわ。あのお祭り騒ぎも、2人の才能が合わさってあれだけの盛り上がりになってるんだろうし。特に、姉のエミリーのトークは一線を画していると思う。

酒場などでも大人気になるような個性の持ち主……私もコミュニケーションは得意な方だと思うけど、彼女には勝てる気がしない。なんていうか……持っているものからして違うしね。

「ふふ、なかなか強力な商売敵なんじゃないか？」

「かもしれませんね」

負けるつもりなんて毛頭ないけど、警戒するに越したことはない。私はカエサルさんにそう答えていた。

「まあ、君の場合は俺とのパイプもあるからな。強力な顧客を味方につけた君が負けるとは思えないが」

「はい、そうですね。カエサルさんには感謝しかないです」

「そうだろう？　定期収入を約束してくれる顧客は大事にしなければならない……そう思わな

いか？」

「？　はあ……確かにそうですよね」

カエサルさんはまたナルシストモードに入っているようだった。まあ、彼の場合は二枚目で長身だから、そこまで違和感はないけど。彼の診療所に初めて行ったあの日から1週間以上が経過しているけれど、だんだんと、ナルシスト度合いが増しているような？

「よかったらどうだ？　俺と昼食を一緒にするというのは？」

「昼食ですか？」

「ああ、まだ少し早いけど、問題ないだろう？」

まだ2時間くらい早い気がするけど、まあ昼食を一緒にするくらいなら、問題ないかな？

「はい、私でよければご一緒しますよ」

「よし、決まりだな。やはり、定期収入を約束してくれる顧客との関係は大事にしないといけない。君の判断は非常に正しいと思うぞ」

「あ、ありがとうございます……」

わざと言ってるのか言っていないのか……。確かに、カエサルさんは大事なお得意様だ。彼の注文する消毒液や風邪薬などは大量になるから、それなりの収入になるのは間違いない。でも、額だけで言うならば、エリクサーや蘇生薬を買ってくれるシグルドさんの方が圧倒的なわけで……。

「ほう、アイラ・ステイト……なかなか繁盛しているみたいだな」

「あ……シグルドさん……」

ある意味ではベストタイミングだろうか？　私のもう1人のお得意様であるシグルドさんが、桜庭亭内の私のお店を訪ねてくれていた。

「……アイラの顧客、か？」

「ん？　なんだ、お前は？　顧客だと？　ああ、一応はそうなるか」

「なるほど、ライバルのご登場というわけだ」

「ん？　どういうことだ？」

あれ、なんだか嫌な予感がする……もしかして、この3人で昼食を一緒にすることになるの？

まあ、ある意味では面白そうだけれど……どうなるんだろう。

◆◇◆◇◆

「こ、これは……一体、どういうことでしょうか！　アイラ殿が2人の男性と食事を！」

「ほらほら、良いところなんですから、ライハット様。お邪魔してはダメですよ？」

「ですが……う～む」

私とカエサルさん、シグルドさんの3人は食堂のテーブルの一画を囲っていた。私の前に長身の2人が並んで座っている。桜庭亭の食堂はレストランも開放されていて、私の店のお客さんなんかも利用できるようになっている。

ライハットさんとアミーナさんが私達を見ながら何やら話しているのが聞こえてきた。ライハットさんはともかく、アミーナさんは完全に楽しんでいるようね。私達は適当に定食を注文して食べていた。目の前の2人は意外にも沈黙している。

「あの～～……」

「なんだ？」

シグルドさんの強烈な視線が私を襲う。彼からすれば何でもない仕草でも、私からしたら恐怖以外の何ものでもない。

「一応、自己紹介とかしません？　ほら、趣味とか色々聞きたいですし……」

「そんなもん聞きてぇのか？」

シグルドさんは全く意味が分からないといった様子だった。隣に座っているカエサルさんからの無言の圧力にも気付いている様子がない。

「まあ、別にいいんじゃないか、自己紹介くらい……では、俺から行こう」

そう言いながら、先ほどまで無言の圧力を出していたカエサルさんが、まず言葉を発した。

「俺の名前はカエサル・ブレイズだ。職業は医者をやっている。年齢は25歳になる」

「へえ、25歳だったんですか？」

「ああ」

そっか、結構年上だったんだ……私より、8歳年上ね。

「趣味に関しては……特にあるわけではないが、釣りくらいか」

あ、なんとなく分かる気がする。静かな湖畔で釣りをやっている構図が似合いそう。

「自己紹介をする必要があるのかは知らんが、まあいいだろう。俺はシグルド・バーゼルだ、年齢は28歳。趣味なんざ特にないが……まあ、ダンジョン攻略そのものが趣味か」

なるほどなるほど、まさに最高クラスの冒険者らしい発言ね。シグルドさんは28歳か……もっと上に見られても不思議じゃない。案外若い、というのが本音かもしれない。

えっと、最後に私の自己紹介ね。一番年下だし、とりあえず立つことにした。なんだか、発表会みたいで恥ずかしいけど……ライハットさんとアミーナさんも見てるのに。

「ええと……アイラ・ステイトって言います。17歳になります……ええと、趣味は、調合かな？」

そういえば、故郷でも、趣味と呼べるものなんてなかった気がする。趣味がそのまま仕事になっているという点では、シグルドさんと一緒なのかもしれない。

簡単な自己紹介が終わった……本当にすぐに終わったけど、やって良かった。顧客として今後、長い付き合いになるかもしれないんだし、こういう場を設けた方が肩の力も抜けるしね。私も今までほど、シグルドさんのことが怖くなくなっていた……気のせいかもしれないけれど。

「しかし、アイラ。顧客を選ぶ場合、相手のことはよく見た方がいいと思うけどな」

あれ、いきなり本題というか、話が変わった。カエサルさんは何が言いたいんだろう？

「えっ、どういうことですか……？」

「高名なのかも知らないが、安定性のない冒険者をお得意様にするのはお勧めできんな」

あ、カエサルさんのその一言で、彼の人となりが分かった気がしてしまった。もちろん間違えていたら申し訳ないけれど……。

「……」

シグルドさんは怒ってもいい状況なのに、あえてか無言を貫いている。私ももう少し、カエサルさんの話に耳を傾けることにした。

「冒険者はどうしても、一攫千金を夢見るならず者……強さには自信があっても、通常の仕事はできない連中というイメージが強いからな。俺がいたシンガイアでもそうだった」

なるほど、当たり前だけれど、シンガイア帝国にも冒険者はたくさんいたのね。まあ、周辺国だけじゃなく、世界全体を見ても、おそらく最も従事する人が多い職業が冒険者って言われてる時代だし。カエサルさんの話も満更《まんざら》、嘘ではないと思う。お店やレストラン、兵士としての仕事ができずに、仕方なく冒険者としてその日暮らしをしている人は多いとも聞くし。

でも冒険者の素行については、かなりの個人差があるのは事実だと思う。

「アイラ、君が今後、店をさらに大きくしたいと考えているなら、俺のような診療所を持つ医者や、しっかりとした店を構えている薬屋を顧客にした方が良いと思うぞ？　長い目で見れば、確実に利益へと繋がるだろう」

「カエサルさん……」

カエサルさんはたぶん、私のことをちゃんと考えてくれているんだと思う。

同じ薬屋をターゲットにしろというのは、首都リンクスタッドにある多くの薬屋は、数種類から多くても10種類程度のアイテムしか売っていないから。

そこへ私のアイテムを流すだけでも、相当な利益が定期的に入ると言いたいんだろう。やや、偏りのある考え方かもしれないけど、彼なりの信念だと思う。参考にできる部分はあると思うけど、シグルドさんの場合は、なんというか……。

「どうでもいいが、顧客ってのは、要は金額が全てだろう？」

「ん？　ああ。確かにそうとも言えるが……」

ここに来て、シグルドさんが初めて口を開いた。特に怒っている様子などはない。

「診療所のお医者様がどの程度、貢《みつ》いでいるのかは知らないが、俺は普通にアイラ・ステイトの店で買い物をしているだけだ。エリクサーや蘇生薬などの希少品があるからな」

「普通に買い物か……それでは到底定期収入としては……」

「ただし、一度で購入する金額は数万スレイブからになるがな」

冷静沈着だったカエサルさんの目が大きく見開かれた。

「す、数万スレイブだと……？」

「ああ」

ビックリするほど冷静に返答するシグルドさん。さも当然のように言うところが逆に怖い。

安定性には欠けるけれど、購入額が尋常ではないことをカエサルさんは見逃していた。

「数万スレイブを支払えるレベルとはな……」

さすがに予想外だったのか、カエサルさんは驚いている様子だった。シグルドさんは上位の冒険者の中でもさらに高レベルの位置にいるから、むしろ当然な気はするんだけど。まあ、医者で他国出身のカエサルさんにそこまでの情報を求めるのも酷な話かしら。

なんだか、カエサルさんが落ち込んでいるように見える。

「といっても、俺がその金額を出しているのは、店の品揃えが良いからだ。それに、どうしても買い物は不定期になるし、アイラからすれば、金額が定まらないボーナスのようなものだろう」

なかなか上手いことを言うわね、シグルドさんって。見た目や話し方からは想像できないけど、結構優しい面があるのかもしれない。

「カエサルと言ったか？　お前も医者をして人々を助けているなら、困難も多くあっただろう？　定期的な収入をアイラに届けられる……立派なことじゃねぇか」

「シグルド……そう言われると、なんだか歯痒《はがゆ》い気分だ。先ほどまで、冒険者のことを馬鹿にしていた自分が馬鹿みたいに思えてくる」

「考え方の問題だ。確かに冒険者はクズみたいな奴も多いからな。俺は不定期の顧客、お前は定期的な顧客……カテゴリーは異なるが、進んでいる道は変わらんだろう」

「ははは、確かに……そのようだな」

シグルドさんの話が終わった頃には、カエサルさんの表情は柔らかくなっていた。気のせいか、楽しく昼食を食べているようにも見える。

「でも、シグルドさんって意外でした」

「何がだ？」

「そんな優しいこと……ていうか、相手のフォローとかできるんですね。もっと、ボロカスにしそうなイメージしかなかったので」

「おい……お前は俺をなんだと思ってるんだ？」

うわぁ……突き刺さるような強烈な視線が、また私を襲って来た。でも、今までよりも楽に見ることができる。シグルドさんっていう人が少し分かったからかな？　なんだか、良い意味で2人の雰囲気が分かる昼食になった気がする。

◆◇◆◇◆

「こんにちは、オディーリア様」

カエサルさんとシグルドさんとの食事を終えた後、私は店から少しだけ抜けて、オディーリア様のお店に顔を出していた。宿屋「桜庭亭」の裏側の通りに露店で出店していた。雑に組み立てたような枠組みが、適当さを物語っている。

「……すごい品揃えですね」

「おお、アイラか。よく来たの、商売敵同士、仲良くしようではないか」

キース姉弟だけじゃない、オディーリア様も立派な商売敵だ。やっぱり、周囲を見渡しても護衛の姿は見当たらない。ランドル女王国の次期女王がこんなところで露店を開いて、本当に大丈夫なのかな？　並べられているアイテムは一級品だけれど。

さすがはオディーリア様といったところかしら。

エリクサーや蘇生薬レベルのアイテムはないけれど……それでも、超上級回復薬や上級回復薬、毒消し薬や上級毒消し薬などが並べられている。攻撃系アイテムは特にないみたいね。風邪薬や目薬なども含めて、回復アイテムが網羅されていた。

オディーリア様は錬金窯でアイテム調合をしながら私と話していた。

「錬金の方は楽しいか？」

「そうですね、楽しくやってます」

「そうか、それは何よりじゃな」

世間話というか、家族のそれみたいな流れで話す私達。まあ、私には両親がいるから違うんだけど、なんだかふと、そんな気分になってしまっていた。これもオディーリア様の人徳みたいなものかな。

「……？」

私と他愛ない話をしながら、アイテム調合をしているオディーリア様。そつなくこなしているので、その技量は確かなんだと思う。でも、私はなんだか違和感を覚えた。

彼女の手さばき、錬金技能は……私のそれと酷似しているように思えてしまったから。

◆◇◆◇◆

「あれ？　アイラやん、どないしたん？」

「エミリー……」

オディーリア様に会いに行った翌日の昼休み私は、今度はキース姉弟の店を訪れた。確か私より2歳上のエミリーが私に声を掛けてくる。

「ううん、別になんでもないけど」

「なんやの、ぼーっとして、馬車に跳ねられたら大変やで」

「あはは、分かってるわよ、それくらい」

キース姉弟は相変わらず、売り上げを伸ばすために双性錬金を駆使しているようだ。息の合った双子だからこそできるコンビネーションね。サーカスを見るかのように、見物客も増えているみたい。売り上げも相当に伸びていそう。

「なんなん？　敵情視察でもしてんの？」

「敵情視察……」

「そや、なんてたってウチらとあんたの店は、ライバル同士やろ？」

確かにそうだけれど、今回は敵情視察というわけじゃない。エミリーには言わなかったけど。昨日のオディーリア様の錬金技能が、私の頭からずっと離れなかった。

技能レベルという意味ではなく、あの動作は明らかに私と酷似していた。それこそ、キース姉弟と同じように。

「いえ、あれは似ていたというよりも……」

気付くと独り言を呟いていた。私は頭を左右に激しく振った。オディーリア様はランドル女王国の王家に連なる人物……いやまさか、私がそんなわけ……変な方向に想像が膨らんでしまった。

「はっ、数十種類ものアイテムを精製している錬金術士様が暗い顔をしているのは滑稽《こっけい》だな」

その時、ローランドが私に話しかけて来た。たぶん、彼なりに挑発しているんだと思う。

「別に暗い顔をしているわけじゃ……」

「本当か？　俺と姉貴の店、キースファミリーに負けるんじゃないかと心配で夜も眠れないんじゃないのか？　んん？」

「へ、へえ……言ってくれるじゃない……」

ローランドは相手を自分の土俵に乗せるのが上手い気がする。私も別に悪い気はしないので、あえて彼の言葉に乗ってみることにした。いつの間にかオディーリア様の件は薄らいでいる。

まあ、深く考えても仕方ないしね。

「ああ、あかんわ……ていうか、アイラも結構、自信家なんやな～」

「え～？　これでも一応、エリクサーとか？　蘇生薬は作れますし～？」

「い、言ってくれるやん……」

わざと思いっきりブリっ子して自慢してみた。エミリーは引きつった表情になっている。

「おもろいな……でも、ウチらの双性錬金を甘く見てたら痛い目を見るで？　ここからは、本格的な売り上げ勝負と行こか？」

「ええ、いいわよ。私も2人みたいな強敵と戦えるのは楽しいし」

そう、これは本音だ。キース姉弟の後ろにはあの人……ユリウス殿下がいるのがやや不安ではあるけど、彼らは悪い人物には見えない。私を陥れるとは考えづらかった。

私には既に、カエサルさんとシグルドさんという強力な顧客がいる。現状で彼らが私に勝てる要素はないはず……だからこそ楽しみでもあった。2人の自信と、今後、どのような戦法で私の上に立とうとしているのか。

◆◇◆◇◆

「ユリウス殿下、最近はいかがでございますか？」

「テレーズか……」

あの時から、テレーズの私への態度は一変した。アイラ追放の事実を知らなかった彼女は、私を追及する予定なのだから、それも仕方なしか。しかも、この件については、私が強制的に保留にしている。ますます、私の信用は落ちているだろう。

「体調的には問題ない、しかしそんなことを聞きたいのではないのだろう？」

「そうですね。アイラの店先にキース姉弟の薬屋を出店なさるなんて、どういうつもりなのですか？」

彼女は、ここ何週間かで確実に成長している。アイラと出会ったのがきっかけなのだろう。箱の中の雛鳥《ひなどり》の如き世間知らずだったが、今や巣立とうとしている若鳥に変わったようだった。

「もともとはトムという鍛冶屋だった、と聞いておりますが」

「ああ、確かにそうだったな」

「なぜ、そのような場所を？　ユリウス殿下は心が痛まないのですか？」

「何を言っている？　私は出店にあたり、平和的な話し合いで同意を得ただけだ。暴力を使うなんて野蛮なことはしていないさ」

「それはそうかもしれませんが、かなりの急ピッチで工事は進められたと聞いております。鍛治屋のトムはどこへ行ったのですか？」

「店がなくなったから、故郷へ帰るとか言っていたが」

確かあのトムとかいうジジイは、シンガイア帝国の出身だ。店を明け渡す代わりにいくらかの金銭を渡すと、故郷へ帰るつもりだと言っていた。というより、私に逆らえなかったと言う方が正しいか……逆らえば牢獄行きかもしれないからな。

あの場所は、アイラの店の売り上げを超え、私が兄上を抑えて我が国の錬金術開拓の先頭に立つために、必須の立地だ。宮殿の資金を相当に使った強引な出店だったが、キース姉弟なら、資金は簡単に回収してくれるだろう。既に相当な稼ぎを出しているらしい。

新たに入った者達の調合も含めれば、宮廷錬金術士としてのノルマは、余裕で達成することができる。かなり危ないところまで来ていた私の状況は、今はおおむね良好だと言える。

テレーズはこの件に関して、納得した様子は全くなかったが、それ以上追及してこなかった。さてさて、あとはアイラ追放の件だ。議会と彼女の追及をかわすことができれば、私は当面は安泰になるだろう。

「それから、テレーズ。お前が以前より気にしていたアイラ追放の件に関してだが、この辺りで回答に応じてやってもよいぞ？」

私からの言葉が意外だったのか、テレーズの目が一瞬だけ見開かれた。

「さようでございますか。それは私としてもありがたいことです。それでは、ユリウス殿下のお手間を省くために、議会の追及と、私個人の追及を同時にいたします。よろしいですね？」

「ああ、それで構わない」

テレーズめ、失策だな。私が議会で発言できるならば、周りを納得させやすくなる。なぜなら、切り札であるキース姉弟の店「キースファミリー」が相当な成果を出しているからだ。議会の面子は以前から保守的でありながらも、実力主義を謳《うた》って来た。

ほくそ笑むのを必死で我慢していると……私の部屋をノックする音がした。オーフェンが来たのか？　しかし、入って来たのは……。

「ユリウス、邪魔をするぞ」

「兄上……？」

兄上と、まさかの人物がもう一人。

「失礼いたします、ユリウス王子殿下」

「アイラ!?」

「キース姉弟が、いきなり出店した時に会って以来ですね。ええと、3週間ぶりくらいですか」

このタイミングで現れた2人。これはまずい……追放の件に関して、同席するつもりなのだろう。しかし断れるわけはない。私の焦りは早くもピークになりかけていた。

「ようこそ、ユリウス・ホーミング王子殿下」

「ああ」

私は議会の構成員達に、ぶっきら棒に挨拶をした。私の近くには、テレーズのみならず、兄上やアイラの姿まであるのだ。

「ユリウス殿下……！」

「心配するな、オーフェン」

そして……現在、味方と言えるのはこの男だけか。

テレーズ達と議会からの追及……内容は共にアイラの追放だから、手間を省くために同時に追及というわけか。私の失脚を狙って、同時攻撃をしようとしているのは明らかだ。

テレーズもずいぶんとしたたかになったものだ。宮廷錬金術士として外の者達……主に、アイラやシスマと接触するようになってから、彼女は変わった。数カ月前の彼女と今の彼女は別人だ……浮世離れしたお嬢様が、一人で生活できるようになったような……芯をしっかりと持っている。ははは、それを少し嬉しく思う私は、どうかしているな。あれほどアイラのことを憎んでいるのに……テレーズのことはイマイチ、憎むことはできない。これが愛というものか？

「ユリウス殿下、早速ですが、よろしいでしょうか？」

テレーズの質問に無言で頷いた。私を攻めることができるなら、その力、示してみるがいい。

「議会の方々には失礼かと存じますが、代表してこのテレーズ・バイエルンが質問いたします。ユリウス殿下は、なぜアイラほどの錬金術士を解雇したのですか？」

さて……どのように答えたものか。この場には侯爵家系をはじめ、それと同等、もしくはそれ以上の家系の議会の構成員が私を一斉に睨んでいる。真実を言うのは簡単だ。テレーズも既に知っていることだからな。

何よりも、追放された張本人が無言で私を見ている。私の追放に対して、何も感じていないという態度に虫唾が走りそうだ。くそ、たかが平民の分際で。キース姉弟がすぐに追い抜くだろうが、薬屋経営も順調と聞いている。たんまりと税金をふんだくってやりたいところだ。

「以前にアイラ・ステイトが言っていた通りだ。私は宮殿内で平民の身分の者が働くのは、ふさわしくないと考えた。だからこそ、兄上のいない間に、彼女を失脚させたのだ」

「なんと……！　ユリウス殿下、以前に貴殿がお出しになった書類には、そのようなことは書かれていなかったが!?」

「我々に嘘をついたということか？　ホーミング王国の第二王子殿下ともあろうお方が！」

議会の構成員達は騒然としている。傍らに佇《たたず》む、執事であり側近でもあるオーフェンは狼狽えているが、心配することはない。お前が焦ることなど何もない……お前は私のために本当によく尽くしてくれた。必ず、勝ち組にしてみせるさ。

「静かにしていただこうか。もう既に話は通っているだろうが、現在、キース姉弟がアイラ・ステイトの店の前で薬屋を経営している」

「薬屋？　確か、キースファミリーという店だと聞いているが……」

「その通りだ。これは言わば、薬屋経営により売り上げ勝負といったところか。私はそこで切り札を使おうと思っている」

「切り札？」

まあ、既に使ってはいるのだが。しかし、良い具合に議会の者達は食いついた。テレーズ、兄上、追及の手間を省くために、一緒にしたのは逆効果だったな。

「その通りだ。切り札……アイラ・ステイトを超える姉弟の存在だ。テレーズ、ミラ、モニカ、それからシスマ……彼女達も優秀な錬金術士ではあったが、アイラには及ばなかった。シンガイア帝国のキース姉弟こそが、真なる錬金術士と言えるだろう。そして、私の本当の切り札だ」

「キース姉弟！　あの公爵家系のキース姉弟か……なるほど、それならば……」

アイラ追放に対する答えにはなっていないが、議会は所詮は実力主義だ。私が自信満々に答え、成果を出せば有耶無耶になる。最初のノルマの時もそうだったな。兄上達は「何回切り札を使うんだ？」という表情をしている。おそらく、シスマの時にも言っていたからだろう。

まあ、そんなことは問題ではない。要は勝てばいいのだ。

「ユリウス殿下……答えになっていないと思いますが？」

「文句があるなら議会に言うんだな。もっともバイエルン家といえども、単独ではどうしようもないがな」

「くっ……！」

議会の構成員の中には、バイエルン家以上の家柄の者達もいる。本当に選択を誤ったな、テレーズ……私を失脚させたければ、個別に追及するべきだった。

「ユリウス殿下……」

「ああ、心配はいらない、オーフェン。アイラ・ステイトとの売り上げ勝負で、キース姉弟が勝てば、何の問題も起こらないさ」

1人立ちできるようになったが、まだまだテレーズは甘い。いや、私が優秀すぎるだけか……テレーズを蔑《さげす》むのは良くないな、ふははははっ‼

議会を上手く丸め込むことに成功した！　あとは、勝つだけだ！　見ろ、兄上とて先ほどから何も発言できない。私の言葉に異を唱えるのは難しいとの判断だろう。

「そうか。ユリウスは、アイラ以上の実力者を手中に収めたので問題ない、と言いたいんだな？」

「あ、ああ……その通りだ!!」

兄上の前で私は力強く頷いてみせた。これでキース姉弟の売り上げがアイラの店を上回れば、現在、宮廷錬金術士を束ねている私が、ホーミング王国の錬金術部門の先頭に立てるはずだ！ヘッドハンティングを通して、私も王国の未来は錬金術にかかっていると考えるようになっていた。

シンガイア帝国やランドル女王国と協力すれば、私の国王の座は揺るぎないものに……。

「アイラ、ちなみに……この３週間の売り上げはいくらくらいだ？」

ん？　なんだ急に兄上は……負け惜しみか？

「売り上げ、ですか？　いや、そんなにパッとは出せないですけど……」

「大体で構わないさ」

「そうですね。やっぱり、カエサルさんとシグルドさんからの収入が大きいので、２人からの売り上げだけでも50万スレイブくらいですかね」

「なに……？」

今、この女はなんと言った？　50万スレイブだと？

まさか、聞き間違いだ。たかが民間の薬屋でそんな売り上げなど……。

「あとは……その他の売り上げが、少なくとも1日2万は行くので3週間で40万スレイブくらい。合計で100万弱くらいでしょうか」

なんの冗談だ？　はは、冗談に決まっている。私はただ、心の中でそう繰り返していた……。

＊＊＊＊＊

「3週間で100万スレイブだと？　な、何を言ってるんだ、お前は。この場で嘘は禁止だと分からないのか？」

「嘘も何も、事実ですけど」

100万スレイブという金額に、ユリウス殿下の思考回路は追い付けないようだ。一般家庭の1カ月分の生活費を1万スレイブとするなら、単純計算で3週間で100カ月分の売り上げ。

まあ、材料費とか人件費を差し引くと、手取り額はもっと下がるけど。桜庭亭に併設した薬屋の売り上げとしては、相当に高いんじゃないかな。

ユリウス殿下の驚きの表情がそれを表しているし、今後はカエサルさん以外の医者や、領民のために動く貴族に納品すれば、さらに収益は安定しそうね。

「全く、君という人は……恐れ入ったよ」

クリフト様にとっても予想外の数字だったのか、かなり驚いているようだった。えへへ、彼からの誉め言葉は素直に嬉しいかも。

「ありがとうございます、クリフト様。クリフト様が材料を安定的に提供してくださっているのも、かなり大きいです」

「いやいや、アイラの能力だよ。誇ってもいいと思うが」

「いえ、そんな……私は本当に周りの人に助けられていますし……」

この2カ月だけでも、色々な人と出会った。間違いなく、彼らとの出会いが今の売り上げに関係している。決して私だけの能力じゃない。特に金額面では、シグルドさんとの出会いは非常に大きいと言える。

一度に買ってくれる金額の桁が違うし……エリクサーの全体版のエリキシル剤と、あらゆる状態異常を治すと言われる3大回復薬の一つ、万能薬も安定的に店頭に並べられるようになれば、とんでもない売り上げを記録することになるかもしれない。

試してみたくて、私は無意識に武者震いをしていた。単純な売り上げだけじゃなくて、私の錬金術の限界を知るためにも良い機会かもしれないし。

「どうかしたのか？　アイラ？」

「いえ、なんでもありません」

そうだった……私はまだ、自らの錬金術士としての上限を知らないんだ。錬金術でエリクサーなどが作れるのは嬉しいけれど、上限が見えないのは不安でもある。成長し続けていると言えるのかもしれないけれど、違和感があった。

私はこの機会に自分の限界に挑戦してみようと考えていた。

「と、とにかくだ！　兄上、私は急用を思い出したので、これで失礼する！　議会の者達も依存はないな？」

えっ？　ユリウス殿下は急に焦ったようにその場から立ち去ろうとしたけど、今回の件は終わっていないはず。私は彼の態度が理解できなかった。

「ユリウス殿下……まだ、アイラ・ステイト追放の件は終了していませんぞ？　それに、先ほどの会話を聞く限り、その娘は相当な錬金術の使い手のようだ。まさか、個人の店で1カ月も経たない期間で100万スレイブも稼げるとは……」

「はははは！　何を言っているんだ!?　私の切り札であるキース姉弟は、シンガイア帝国の最高の錬金術士なんだぞ？　アイラ以上の売り上げを実現できるに決まっているだろう？」

シンガイア帝国は確か、ホーミング王国よりも錬金術が発展してるんだっけ。錬金勝負も普通に行われているとエミリーが言ってたし。それを武器に現状を乗り切ろうとする姿勢はいいとしても、他国の人間に頼るって、どうなんだろう……。

「ほほう、それは頼もしいですな。ユリウス殿下のお言葉が本当ならば、我らホーミング王国の財源確保にも大きな功績となりましょう！」

結構、乗り気になっている議会の人達。この人達は実力主義というよりは、保守的な面が強いと思う。例えユリウス殿下の計画が上手くいったとしても、彼に錬金術の将来を任せるのは危険極まりないと思うけれど。

既に先の錬金勝負で、ホーミング王国の機密事項を、キース姉弟にある程度開示することが決まっているはず。その元凶を作り出したのはユリウス殿下なわけだし。国王陛下はこの状況をどう見ているのかしら？　そういえば、クリフト様にも聞いたことがなかったわ。

「兄上、キース姉弟は私の知る限り、最高の錬金術士だ。アイラ・ステイトを追放したことが、間違いではなかったことを証明してやろう！」

「そうか……楽しみにしているぞ」

「ああ、楽しみにしていてくれ。次期国王になるのはこの私だからな」

「ユリウス殿下……」

テレーズさんも呆れてものが言えない表情になっていた。ユリウス殿下はおそらく、勢いだけでこの場を収めようとしている。私やクリフト様、テレーズさんが納得するかどうかは二の次で、議会が納得するかどうかを最優先しているみたい。

その後、議会の話し合いで、私の追放の件に一定の意味があったかどうかは、キース姉弟の売り上げによって決まるという方針で固まった。私の追放は単なるユリウス殿下のわがまま……人権無視でしかないと思うんだけど。大丈夫かな、この国の議会……。

◆◇◆◇◆

「なに……100万スレイブだと!?」

「あ～、エリクサーとか売ってる時点で嫌な予感はしとったけど……想像以上やな」

ぬう……やはりそうなのか？　確かに、周辺にある一般的な薬屋と比較して、売り上げは天と地ほど違うとは思うが。どうすればいい……兄上や議会にあれだけの啖呵を切ったのだ。もはや、この2人にはなんとしても勝ってもらわねばならん。

「なんとかなるんだろう？　お前達2人はシンガイア帝国の至宝と聞いているからな」

とにかく2人をおだて尽くしてでもやる気にさせなければ。私はあらゆる賞賛の言葉をかける準備をしていた。だが……

「別に至宝やないよ。まあ確かに、ウチらは錬金術の実力で公爵の地位を獲得したけど」

「錬金術で実力を証明し続けなければ、その地位も失ってしまう。結構、必死なんだぜ、こっちは。王子さん、あんたはそうそう地位の剥奪なんてないだろ？」

羨ましがっているのか？　そんな風には見えないが。弱肉強食の世界か、なるほど。少しだけ、この2人のことが見えて来た気がするな。好戦的な性格にも理由があるというわけだ。

「そんな世の中で生きている2人ならば、余計に策は思いつかないのか？」

「100万スレイブ……いや、今後、さらに売り上げが増加することは間違いないだろう。姉貴、どうする？　やはり、あれでいくか？」

「あれか……あんまり乗り気じゃないけどな」

「やっぱりか……だが、それしか勝てる方法はなさそうだぜ？」

「そうやろなぁ……」

何か確かな策があるようだな。さすがは私が切り札と見込んだ2人だ。少し前にはシスマ・ラーデュイにも言っていた気がするが。今度ばかりは期待外れにならないことを祈るぞ。

「確かな策なのだろうな？　シスマ・ラーデュイのように、期待外れだった、では済まされんぞ？」

「大丈夫や、ユリウス殿下。その代わり、ユリウス殿下にも手伝ってもらう必要があるけど」

「私がか？　まあ、アイラに勝てるのであれば構わないが……」

「しかし、シスマ・ラーデュイが期待外れかよ。そんな感想を持っている王子さんの感性の方が、心配になるぜ、全く……」

ローランドはなにやら呆れた物言いを始めていた。全く、失礼な男だ。今は許してやるが、私が次期国王になった暁《あかつき》には降格処分でも下してやろうか。まあいい……こんな2人でも私が切り札としている連中だ。今はせいぜい利用させてもらおう。

◆◇◆◇◆

「なんだか、怪しい会話をしていたような……」

桜庭亭から見て、大通りを挟んで向かい側にある「キースファミリー」で、キース姉弟とユリウス殿下が話をしている。おそらくは、私の店の売り上げを超えるための作戦だろうけど、こんな目と鼻の先でそんな話をするなんて、余裕ね。

「ユリウスはおそらく、何としてでも勝つ気でいるだろう。アイラ、私にできることがあればなんでも言ってくれ、協力するよ」

「ありがとうございます、クリフト様。それでは、大変恐縮なんですが、ここに書いてある材料の調達をお願いしてもよろしいでしょうか?」

「よし、分かった。任せてくれ。と言っても、私が直接調達できるわけではないからな、独自のルートで確保しよう」

「ありがとうございます」

クリフト様は剣技にも長けているらしいけど、王子様が自由に外への出入りができるわけはない。今までの材料の供給も配下に命令してたはずだし。

クリフト様に頼むのは、エリキシル剤の素材。万能薬については、レシピはある程度分かっているけど、入手困難な材料が多い。このクラスの材料の調達を頼める人と言えば……。

「シグルドさん……かな」

ちょっと恐い人だけど、やさしさがあるのは既に知っている。万能薬の材料集めを開始する際に、すぐに頼めそうな人が思い浮かぶなんて、そうそうないはず。やっぱり横の繋がりって大事よね。なんだか、薬屋「エンゲージ」を開店してからよく分かった気がする。

こんなこと、宮廷錬金術士だけをしていては、なかなか学べなかった。そう考えると、追放されたのも悪くない気がする。でも、ユリウス殿下のことは許さないけどね。

そんなことを考えながら、お店経営ができている今日この頃。売り上げ勝負もなんだかんだで楽しんでいる私だった。

5章　アイラという才能

「で？　この素材を俺に調達してこいってことか？」

「はい……ダメですかね？」

　私は現在、万能薬の素材調達を冒険者に直接依頼している。しかも相手は、シグルドさんだ。私の隣に立っているライハットさんも警戒心を露にしていた。

「アイラ殿、もう少し離れてください！　このとてつもない闘気、アイラ殿に危害を及ぼす可能性があります！」

「ラ、ライハットさん！」

「私が命に代えてもお守りいたします！」

　私は潤んだ瞳で彼の後ろに隠れた。でも、それはほとんど意味を成さない。一般人から見ればはるかに強いであろうライハットさんでも、シグルドさんがその気になれば、数秒以内に気絶させられてしまう。その直後に私も餌食になってしまうだろう。そう確信させるほど、彼にはすごみがあった。

「おい……そろそろ突っ込んでいいか？」

「もう、シグルドさん。遊び心がないんだから」

「てめぇらの漫才に付き合っているほど、こっちも暇じゃねぇんだよ」

呆れた声で彼は言ってのける。とまあ、ここまでの一連の流れは即興のお遊びみたいなものだった。ライハットさんのノリの良さは面白かったけれど、シグルドさんは興味を示していなかった。雰囲気が解《ほぐ》れたのはいいけれど、彼からしてみれば迷惑だったかもしれない。

「万能薬の素材に使えそうなんですけど、調達そのものが一流の冒険者でもキツいらしくて」

「そうだな……影見草なんざ、大陸の北の果てにしか咲いてない。強力なドラゴンが生息している地域だからな。並の冒険者が行ったところで、確実に死ぬだろう」

うわぁ、冒険者の人達って、そういう魔物と戦いまくってるんだ、やっぱり……あらためて、彼らの大変さを思い知った。

「シグルドさんでも厳しいでしょうか？」

「いや、俺なら何とでもなるが……それよりも、新たに発見されたメビウスダンジョンで、影見草を含めたレア素材がとれるとは聞いたことがある。未知のダンジョンだから、厳しい局面もあるかもしれんが、そちらに行く方が時間もかからない」

メビウスダンジョンか……何人かの冒険者が話していた。確かそのダンジョンの名称はメビウス地方って地域名から付けられたそうだ。ここから南へ20㎞くらい離れた場所にあるんだっけ？　そこで万能薬の素材を揃えられるなら、確かに北の最果てなどに行く労力は減るし、ドラゴンとだって戦う必要はないはず。

「お願いできますでしょうか？」

「いいだろう……だが、依頼料は高いぞ？」

「未知のダンジョンに向かってもらうわけですから……覚悟はしてます」

冒険者に直接依頼をするのは今回が初めてではない。それでも、５０００スレイブくらいまでが最高だったけど、今回は果たしていくらになるのか……というより、私に支払えるのか不安になってしまった。でも、今回の依頼内容は今までとは比較にならないものだし、シグルドさんの言い値でも仕方がなかった。相場を出そうにも、比べるものがなさすぎる。

「そうだな……７万スレイブってところか」

「７万スレイブ!?」

私より先に反応したのはライハットさんだ。その驚きようは、高すぎると感じたんだと思う。

「どうだ、払えるか？」

「まあ、それくらいなら……そうですね、お願いできますか？」

「ほう」

確かにそれなりの依頼料になってしまうけれど、今後の売り上げを考えれば、十分に回収できる。それに、シグルドさんには日ごろからエリクサーなどを買ってもらってるし、それくらい払っても惜しくはない。持ちつ持たれつの関係を築きたいしね。

「よし、決まりだな、契約成立だ。素材調達は俺に任せておけ」

「ありがとうございます、シグルドさん」

「金はもらうんだから、礼など不要だ」

「それもそうでしたね」

「7万スレイブを即金で支払えるアイラ殿……本当に末恐ろしい……」

こうして、シグルドさんへの依頼は締結された。彼は私の店で準備のためのアイテムを購入すると、そのまま旅立って行く。

エリキシル剤と万能薬の材料調達の目処《めど》が立ってきた……キース姉弟がどんな策を打ってきても、その上を行ってやるんだから。

◆◇◆◇◆

「アイラちゃん、マインドポーション5個と中級回復薬5個をくれ」

「はいは～い、ただいま」

冒険者の注文通りの薬を袋に詰めて渡した。今日も売れ行きは好調だ。シグルドさんに仕事の依頼をしてから4日……私とライハットさんはその日も忙しく仕事をしていた。

「しっかし、ここの品揃えは、冒険者にとっては、必需品ばかりで助かるぜ」

「本当ですか？　嬉しいですっ」

「ああ……各種回復薬から、状態回復薬……攻撃系のポーションまであるんだからな」

「えへへ」

私はついつい舌を出して喜びを表してしまった。お客さんに喜んでもらえるのは本当に嬉しい。お店を始めた当初は生活のためだったけれど、やっぱりこうして人々と触れ合って、遠巻きながらでも命を救う役に立っていると思うと嬉しくなってしまう。

自分が社会の一員として役立っている実感……17歳の今だからこそ、こういう経験は必要なんじゃないかと強く思えた。

「ただまあ……エリクサーとか蘇生薬の1万スレイブには手が出ねぇけどな。超上級回復薬の2000スレイブでも、俺クラスでは厳しいか」

2000スレイブの超上級回復薬でも、一般家庭の1カ月の収入の5分の1になる。魔導士がいない冒険者パーティの需要は特に大きいけれど、単独冒険者にはこの額でもおそらく高いと思う。ましてや、一般人が買うにはハードルが高すぎるというか。

「でも、シグルドさんなんかはエリクサー複数とか買っていきますけど」

「あの人は特別なんだよ……アイラちゃん。シグルドさんを含む一部の冒険者の収入は異次元だからな」

「なるほど……やっぱり、そうなんですね～」

分かってはいたけど、こうして他の冒険者から話を聞くと、シグルドさんの強さがより分かってしまう。私の店の売り上げに最も貢献してくれているのは彼だ。そういう意味でも感謝しかなかった。

「それにしても、先ほどから外が騒がしいですね。またキース姉弟が、サーカス紛《まが》いのことをしているのでしょうか？」

ライハットさんは、先ほどから聞こえていた外のざわめきを気にしている様子だった。

ユリウス殿下が、私の店の売り上げを必ず超すと言ってから数日経過しているし、そろそろ本格的な動きがあってもおかしくない。

双子のコンビネーションを活かした双性錬金……本日もそれをやっているみたいだけれど、人の集まり方が違っていた。今までは一般人の割合が多かったけど……。

「はい！　見ていってや～～！　私達双子の双性錬金！」

盛り上げ上手のエミリーが明るく振る舞い、周囲にお客さんを集めている。ローランドはあまりしゃべらずに錬金をしているといった具合だ。それ自体は特におかしなところはないんだけれど……。

彼らが錬金しているアイテムにはおかしな点が見受けられた。おかしな点というか、今までとは明らかに違う点。

それは……錬金窯から剣や槍、斧といった各種武器や防具が出て来ている点だった。

「まさか……武器や防具を直接錬成《れんせい》するなんて……！」

やられた！　おそらくだけど、供給源はシンガイア帝国そのもの。そこからユリウス殿下を通して素材の調達がフルに行われているはず。武器や防具の需要は、冒険者には当然として、一般人や兵士達にもあるはず。

私の店では取り扱っていない種類のアイテム……これがキース姉弟の切り札というわけね。

「ちょっと、あんた達。何してるのよ？」

「ん？　どういう意味だ？」

「あれ、アイラやん。はは～～ん、自分の店の売り上げが心配になって出て来たな？」

「いや、別にそういうことじゃなくて……」

ちょっとだけ焦ったのは事実だけど、装備品を錬金で作っている2人に驚いて出て来た、と彼らに伝える。しかも、「キースファミリー」の前には鍛冶屋さんのあった場所だし。

「なるほど。前の鍛冶屋の設備も利用することで、装備品の調合を素早く行っているわけね」

「そういうことやで。トムさんやったかな？　あの人の道具も色々と拝借し、この通りや！」

「すごい……」

キースファミリーのお店の前には冒険者のお客さんの列ができていた。現在、２人は接客そのものはしていない。対応しているのは何人かの従業員と思しき人達で、たぶんユリウス殿下の部下なんだろうけど、そういう面でもこちらは不利かもしれないわね。

「アイラ……勝負はここからやで？　あんたも品揃え増やさんと、いつまでも殿様商売はできへんのと違う？」

「そんなこと分かってるわよ」

既に手配は完了している。あとは素材が到着するのを待つだけ。それにしても……。

「ねえ、エミリー」

「ん？　なんや？」

「殺戮兵器とかは作らないようにね。今でも処罰の対象になるかもしれないし……」

以前に文献で読んだことがある錬金術の禁忌。１０００年前にこの地方で栄えていたとされる錬金国家には禁忌の錬金術なるものが存在していた。それらを錬成すれば、死刑に処せられるほどの重罪……その一つが殺戮兵器の錬成だったはず。

具体的には毒ガスとか、惚れ薬とかその辺りだったと思うけど。正直、ダークポーションとかポイズンポーションとか作ってる私もグレーゾーンな気はするけれど、彼女達も相当にグレーゾーンだった。

「分かってるって。ウチらはあくまでも、剣とか鎧《よろい》、盾《たて》とかしか作ってないし。ただし、並の鍛冶屋のものよりも高性能な品物やけどな」

「それならいいんだけど……」

まあ、1000年前の法律が今に適用されるとは思わないけど、念のためにね。それにしても、この冒険者の数は少しだけまずいかもしれない。私の店に来てくれていた人達も流れて行く可能性だってあるわけだし……これは負けられないわ！

「エミリー、ローランド。負けないわよ！」

「望むところやで」

「はっ、せいぜい楽しませてくれよ！」

挑戦的な2人に、私は自然と笑顔になっていた。2人がどう思っているのかは分からないけれど、私からすれば友人関係は築けているようなものだ。こうしてまた、友達ができたのだから、嬉しいに決まってる。トムおじさんだって、キース姉弟ほどの錬金術士に鍛冶の設備を利用してもらって喜んでいるんじゃないかしら？

でもまあ、頭にちらつくユリウス殿下の顔だけは許しがたかったけどね。本当の勝負はここからだ……私は負けるつもりなんて微塵《みじん》もないけれど。

◆◇◆◇◆

「アイラ・ステイト、ご希望の素材だ」

「シグルドさん、ありがとうございます！」

キース姉弟と本格的に宣戦布告状態になった翌日、シグルドさんが帰還し、私の店を訪ねてくれた。片手に大きな袋を携えて。

「その袋の中身が万能薬関係の素材ってことですよね？」

「そうなるな。まあ、探索が長引いたから、他の素材も取って来てやったが……」

「えっ？」

そう言いながら、シグルドさんは私に素材の入った袋を渡してくれた。確かに……蘇生薬などにも使える素材もあるわ。ていうか、その新ダンジョン、便利すぎない？　ここから20㎞しか離れてないのに……。

「便利なダンジョンが見つかりましたね……すごい」

「便利は便利だが、そのメビウスダンジョン、敵の強さや迷いやすさなどを含めて、難易度は相当に高いぞ。冒険者ギルドでも中級者までは迂闊《うかつ》に入るなと警告が出ているほどだ」

「そうなんですね……」

まあ、これだけの素材が取れるダンジョンだものね。今回の依頼も、シグルドさんだから可能だったってことか。７万スレイブの価値は十分だわ。

「アイラ、ちょっといいかな？」

「クリフト様！」

「ほう、王子殿下の登場か。謎の医者といい、ずいぶんと横の繋がりがあるな」

「え、ええ……そうですかね」

ちょっとだけ照れながら、私はクリフト様のところへ向かった。彼も小包を持ってきているようだった。まさか、これって……。

「エリキシル剤の素材を持ってきた。今後の安定供給もおそらくは可能だろう」

「本当ですか、クリフト様!?」

「ああ」

「ありがとうございます！」

「なに、君のためだからな。気にしないでくれ」

謝礼はあとでしっかりとお支払いするとして……さてさて、これで必要な素材は完璧ね。

「よ～し、これで大々的に宣伝ができそうですね」

「宣伝？　アイラ、一体何を始めようというんだ？」

そういえばまだ、誰にも言ってないんだっけ。エリクサー、万能薬、蘇生薬の３大秘薬に加えて、エリクサーの全体化と言われるエリキシル剤。これらのアイテムが同じ店で買えるとなれば、それはもう、とんでもないほどの集客力、訴求力があるはず。実際に購入はしないとしても、それだけインパクトの強い薬が売られていれば、一度は見てみたくなるはず。

ついでに目薬とかを購入してくれるだけでも、私の店の売り上げに繋がるしね。

「はい、大々的な看板を作りたいと思います。薬屋エンゲージの目玉商品を列挙した」

「なるほど、それは面白そうだ。ぜひ、私にも手伝わせてくれ」

「クリフト様、ありがとうございます。それでは、お言葉に甘えさせていただいてもよろしいでしょうか？」

「ああ、任せてくれ。キースファミリーに負けない立派な看板を作り上げるとしよう」

費用はそれなりにかかると思うけど、あとで回収すれば問題ない。確実に売り上げ向上に繋がるであろう看板の設置は必須項目よね。

さてさて、私は早速、万能薬とエリキシル剤の安定供給に努めないとね！　もちろん、エリクサーと蘇生薬もだけれど。

圧倒的な売り上げの差を見せつけてやるわ！　なんちゃって……なんだか、悪者のセリフみたいね。


で、それから何日か経過して……。


「完成〜〜〜!!」

シスマの協力もあって、私はとうとう3大秘薬の最後の一つ、万能薬を完成させた。シスマは宮廷錬金術士としての仕事の合間を縫って私のところへ来てくれている。

「はあ……とうとう、完成させたのね……」

「うん。これも、シスマが手伝ってくれたおかげよ！　ありがとう、シスマ！」

もちろん、シグルドさん達の協力も大きいのは言うまでもない。でも、まず私は、双性錬金を行ってくれたシスマにお礼を言った。さすがにキース姉弟ほどの手際で双性錬金はできなかったけれど、それでも他人同士の見よう見まねにしては上出来だったと思う。

万能薬、エリキシル剤、共に必要な数を揃えることができた。

「私は本当に、少ししか手伝えていないわ。あなたの手際の良さには、全くついて行けてなかったもの……あなたが、無意識なのか私の速度に合わせてくれていただけよ」

「シスマ、そう言ってくれるのは嬉しいけどさ」

「本当のことよ、アイラ。あなたはもっと自分の能力を前面に押し出してもいいと思う」

「いえ、十分に押し出してるんだけど」

昨日、アミーナさんの許可を取って、桜庭亭の前に巨大な看板を設置した。

【薬屋エンゲージ！　３大秘薬とエリキシル剤も販売しております！】

初めて見た人にとっては誇大広告としか思えないだろう内容の看板だったりする。本日、万能薬とエリキシル剤が完成したので、それも真実になるわけで……私はこれでもか！　と言わんばかりに自分の能力をさらけ出していると思う。

でも、シスマは首を横に振っていた。

「違うのよ、アイラ。あの看板なんて可愛いものじゃない。あなたがその気になれば、もっと大きなことだってできそうなのに……それこそ、宮廷錬金術士に返り咲けば、ホーミング王国にどれだけの利益をもたらすか」

う～ん、さすがに宮廷錬金術士に戻るつもりはないかな……色々あったしね。それにしても王国の利益か……まあ、私がいた頃は単に言われたものを作ってただけだったしね。今のアイテムを全て国のために捧げたら、確かにすごい利益を生むかもしれないけど。

ユリウス殿下のほくそ笑む顔が思い浮かんだから、それ以上は考えないことにした。

「とにかくこれで、アイテムは全て揃ったわ。万能薬は1万スレイブ、エリキシル剤は2万スレイブで売りに出そうか」

「ええ、そのくらいがいいんじゃないかしら。有名な冒険者の目に止まることは間違いないでしょうし」

私とシスマは、作ったアイテムを早速、お店の棚に陳列していく。

こうして見ると壮観ね……エリクサー、蘇生薬、万能薬、エリキシル剤の4つのレアアイテムが並ぶなんて。シグルドさんクラスの冒険者でも、この4つのアイテムを同時に所有していることは、まずなさそうだし。そう考えると、シスマの言う通り、すごい気がする。

「……」

少しだけ頭をよぎってしまった……私は一体、どういう存在なんだろうか？　と。いやいや、普通に首都リンクスタッドの西にある田舎町ルルブタウンで生まれた小娘ってだけだし。

ちょっとだけ感じてしまった不安……私はそんな不安を、勢いよく首を振って払った。

「お邪魔します……あら、アイラじゃない」

「えっ……？」

その時、聞き覚えのある声が聞こえて来た。そして、もう一人……。

「アイラ、久しぶりだな。元気にしていたか？」

「母さん、父さん!?」

いきなりの両親の訪問に私は驚いてしまった。目の前に母ニーニャ・ステイトと父ジーニアス・ステイトが立っていた。

「アイラ、久しぶりね！」

母さんはいきなり私に抱きついて来た。それから力いっぱいその身に私を抱え込む。２人きりの時ならともかく、近くにはシスマやライハットさんもいるんだから！

「母さん、恥ずかしいから！」

「何を言ってるのよ？　久しぶりの再会だっていうのに……急に仕送りの額が倍増したから、もしかしたら、夜の店とかで働いていないか、母さん心配だったんだからね？」

心配の方向が違う気がするけど、まあ心配してくれるのは素直に嬉しい。父さんもそんな私達を見て大きく笑っていた。

「はっはっは、錬金術士としてこんな立派な薬屋を経営するようになったか。入口にある看板も立派だし、父さん、鼻が高いぞ」

しっかり者ではあるんだけど、２人ともどこかお気楽な雰囲気を持っている。そんな愛すべき家族です。

「シスマ・ラーデュイと申します。アイラとはその……友達、です」

照れながら言うシスマの表情がなんだか可愛かった。

「あらあら、シスマちゃんね。アイラの母のニーニャです。よろしくね」

「同じく父のジーニアスです。よろしく」

「はい、よろしくお願いいたします」

お互いの挨拶は簡単に終わった。その後、ライハットさんとも挨拶を交わした父さんと母さんは、彼が伯爵令息だと知ってとても驚いていた。

「なるほど、伯爵令息様でしたか……これは失礼いたしました。ライハット様、とお呼びしないといけませんわね」

「よしてください。アイラ殿のご両親にそのように呼ばれては、私の立つ瀬がありません。私はアイラ殿のお店の従業員でしかありませんから」

「まあ、そうなのですね……アイラ、あなたすごいわね！」

「あはは、まあ……すごい、のかな？」

照れ隠しをしながら、私は適当に相槌を打った。ライハットさんはあくまでも、クリフト様の命令で従業員をしてくれているだけだしね。本当にすごいのは、クリフト様なわけで……父さんと母さんがクリフト様に会った時の反応が楽しみだわ。

「さて、万能薬とエリキシル剤の陳列も終わったたし、私は一旦、宮殿へ戻るわ」

「分かったわ。ありがとうね、シスマ」

「ええ、それではまた……」

シスマは私の両親にあらためて頭を下げ、そのまま桜庭亭から出て行った。富豪平民とは思えないほど礼儀正しいわよね、あの子。侯爵令嬢であるテレーズさんはもっとだけれど。

「ところで、アイラ、あなた」

「な、なに？　母さん？」

シスマが去った後、母さんが私の方に視線を合わせ、急に話しかけて来た。

「急に1万スレイブも仕送りをしてくれるなんて、どうしたの？」

あ、その話か……母さんの顔が怖かったから、何のことだろうと思ってしまった。確かに私は毎月1万スレイブを実家に送っている。一般人の1カ月分の給料だ。

母さんも父さんも主に農業で生活しているから、決して楽な生活というわけじゃない……今まで育ててくれた分、少しでも楽な暮らしをしてもらいたくて送っていた。通常の稼ぎに1万スレイブが加われば、結構な余裕ができるだろうから。

「親孝行よ、ただの。毎月それくらい送っても平気なくらいの稼ぎはあるから、安心して受け取ってよね」

「アイラ……確かに娘の成長は嬉しいが、1万スレイブの仕送りは少し多すぎないか？　父さん達はお前に見返りなど求めてはいないぞ？」

「それでもよ。私がしたいからそうしてるだけ。迷惑でもないでしょ？」

「もちろん迷惑ではないが……」

「そうね……1万スレイブあれば、生活が楽になるのは間違いないし……」


父さんも母さんも困惑はしているけど、迷惑には思ってないみたい。今はそれだけで十分だわ。ふふふ、今後、さらに売り上げを伸ばして仕送り金額を増やす計画だけどね！

「ほほう、楽しい面子が集まっているようじゃな……」

「あれ、オディーリア様？　どうしたんですか急に？」

本日は訪問客が多い。父さんと母さんの来訪が一番驚いたけれど、このタイミングでオディーリア様まで現れるとは。和やかにオディーリア様をもてなそうとしてたんだけど……。

オディーリア様の姿を見た瞬間、父さんと母さんの様子が変わっていた。

「オディーリア様……こちらにいらしていたんですか」

「うむ、まあ色々あっての……」

あれ？　お互いに顔見知りなの？　そんな話は聞いたことがなかった。そもそも、2人がランドル女王国の次期女王様と面識があったなんて、信じられないんだけど。

「ニーニャ、ジーニアスか……いずれ会うと思っておったが、今日だとは予想外じゃったな」

「ええ、そうですね……まさか、ここでお目にかかることになるとは」

「お久しぶりです、オディーリア様」

「うむ、久しぶりじゃな」

３人はお互いに挨拶を交わしていた。本当に置いてけぼりを食らっている……何か話さないと、どんどん置いて行かれそうな気がしてしまった。

「あの、どういう関係なの!?　オディーリア様はランドル女王国の女王様になるお方なのよ？」

「あなたは覚えていないかもしれないけれど、オディーリア様は私達の故郷を訪れたことがあるのよ？　それに、私とジーニアスがランドル女王国へ行ったこともあるの」

「その関係で、少し知り合いになったというわけだ」

「そうなんだ……」

全く覚えてない……私が覚えていないっていうことは、私が5歳とかそれより幼い頃の話かしら？　たぶん、そうよね。なんだか不思議な気分だった。

「それよりも、アイラ。とうとう、３大秘薬の全てを調合できるようになったのか」

「はい。色んな人の協力のおかげですけど」

「うむ、そうかもしれぬが、それを繋げたのはお主の才能や努力じゃろう。誇ってよいのではないか？」

「ありがとうございます、オディーリア様」

う～ん、やっぱり、オディーリア様に褒められると、頑張ったっていう気になるわね。なんだろう？　重みの問題なのかな？

「キースファミリーは装備品の調合を加速させて売り上げを爆発させているようじゃな。なかなか面白い試みじゃが……アイラは3大秘薬とエリキシル剤を中心とした、圧倒的な種類の薬での正攻法と言えるじゃろうか。どちらに軍配が上がるか、楽しめそうじゃな」

「オディーリア様は参戦なさらないんですか？」

前に参戦するみたいなことを言っていたような気がするけど、どうなったんだろうか。

「さすがに今から参戦したところで、わらわの店では勝ち目がなさそうじゃ。わらわは傍観者として見させてもらおうかの」

「そうですか。絶対にキース姉弟の売り上げを超えてみせます」

「うむ、その意気じゃな。それから……お主には少し、護衛が必要かもしれんの」

「えっ？　護衛、ですか？」

オディーリア様から急に出て来た物騒な言葉……私の思考は一旦、停止していた。

「どういうことでしょうか？　私に護衛が必要というのは？」

「そうじゃな……お主ほど優秀な錬金術士になると、どこかの悪い国が連れ去ろうとするやもしれんからの」

「ええ～～～？」

言い回しは冗談っぽいんだけど、オディーリア様の表情は真剣そのものだった。

「わらわの護衛の五芒星《ごぼうせい》……そのうちの２人をお主の護衛に付けるとしよう」

「五芒星……？」

なんだか護衛っぽいかっこいい名前だけれど、どこにもそんな人がいるようには見えない。

「前に言っていた強力な護衛の人達のことですか？」

「そうじゃ、出て来てよいぞ」

「はっ」

「ひゃあ！」

オディーリア様の言葉とともに、いつの間にか５人の人物が彼女の周りを固めていた。どうやって？　魔法か何かだろうか？　女王国の護衛だからか、全員女性だった。

「我がランドル女王国に伝わるインビジブルローブじゃ。五芒星はそれを纏っておった」

「インビジブルローブ……？」

えっ？　その名称からして、もしかして？

「うむ、一言で言えば透明になれる代物じゃ」

やっぱりか〜〜〜〜！　すごい装備ね、それ。ということは、私が彼女と話していた時も周囲を固めていたわけか。変な人が持ったら、痴漢とかしまくりなんじゃ？

「今後は交代制でアイラの護衛も兼任してもらえるか？」

「かしこまりました。アイラ殿、よろしくお願いいたします」

「は、はあ……こちらこそ、ありがとうございます……」

丁寧な五芒星の言葉になんだか恐縮してしまう。

「あらあら、アイラ、これで警護の面は万全そうでなによりだわ」

母さんは相変わらずマイペースな雰囲気だ。インビジブルローブにも驚いている様子はないし。前から知っていたのかもしれないけど。

「はっはっは、アイラ、女性ばかりで羨ましいな〜〜〜！」

父さんは馬鹿なことを言って、意外と嫉妬深い母さんからの圧力に晒《さら》される。ああ、これが、私の愛すべき家族なのであった……。

なんだか、私の周りはどんどん楽しくなってくるような……大歓迎だけどさ。

◆◇◆◇◆

「さて、どうしようか……」

「なんだよ、姉貴？　どうしたんだ？」

装備品の錬金をしているのは、ウチの弟のローランド。

「ウチらはシンガイア帝国からの供給で武器や防具の錬金が可能になってるな」

「ああ、そうだな」

「アイラの店はどこからの供給なんや？」

少し前から彼女の店には3大秘薬の全てとエリキシル剤が並ぶようになった。正直な話、錬金術士としてのレベルは、アイラの方がだいぶ上やな。信じられへんわ。3大秘薬のことは、桜庭亭っていう宿屋の前にデカデカと置いてる看板にも書かれているんやけど。大通りの前に置いとるから、相当に目立つ。ウチらはユリウス殿下からの支援もあるけど、アイラの供給源はどこや？　まあ、クリフト殿下が絡んでるのは察しがつくけど……。

「ごめん、ローランド。ちょっと、敵情視察してくるわ」

「マジか？　姉貴……分かったよ」

「ごめんな、ちょっと留守するわ」

ウチらの店もお客さんの数が増えて、売り上げは順調に伸びてる……でも、アイラの店との差はどんなもんなんや？　ウチはそれがちょっと怖かった。

◆◇◆◇◆

「あれ？　エミリーじゃない。あなたから来るなんて珍しくない？」

「そうか～？」

「そうでしょ」

キース姉弟の片割れであるエミリー。特徴的な話し方で人当たりの良い、陽気な人物。私の商売敵として、目の前に店を構える強気な人物でもある。

大通りを挟んで向かいの距離だけど、彼女の方から「エンゲージ」……桜庭亭内を訪れるのは珍しい。これは何か、考えがあって来たわね。私はそう睨んでいた。

ライハットさんも何も言わないけど、何か狙いがあることには気付いていると思う。

「どうや？　売り上げの方は？」

「順調に伸びているわよ。あなたの方こそ、順調なんでしょ？」

「そうやな。やっぱり、シンガイア帝国から直接装備品の素材が供給されるのは大きいで」

国家規模で個人の店を支援……確かに強い。素材の価格とかあんまり気にしなくてよさそうだし。というより、国民がみんなで素材の代金を支払っているようなものだしね。

「私だって負けてないわよ？　お得意様には、あんたの国のお医者様、カエサル・ブレイズさんがいるんだし」

「そうらしいな……あの医者を味方に付けたんはデカそうやな。定期的にアイテムを納品するだけで、高収入が約束されるやん」

「まあ、そういうことね」

キース姉弟と同じく、カエサルさんも祖国ではかなり有名な医者みたいね。なんとなく、そんな気はしていたけれど。

「他に定期的なお得意様とかおんの？　やっぱ、冒険者とかやろ？」

「それはまあ……」

「ウチも冒険者の皆さんが収入源やからな～」

まあ、武器や防具を売っている時点でそうなるとは思う。でも、シグルドさんが「キースファミリー」で購入しているのは見たことないわね。

「私のところには、シグルドさんって人が来るけど、エミリーは知ってる？」

とりあえず、冒険者界隈では有名だろう彼の名前をあげてみた。すると、彼女の表情はたちまち変化した。

「シグルドって、あの冒険者のシグルド・バーゼルのことか？」

「そうだけど……店に入って来る姿とか見たことない？　結構、頻繁に来てくれるんだけどさ」

「いや、確かにそう言われれば……カエサル先生だけやなくて……これはまずいで」

明らかに先ほどまでとは、エミリーの態度が変わっている。カエサルさんとシグルドさんの2人のネームバリューは、シンガイア帝国最高の錬金術士をも黙らせるほどだったのね。

エミリーの場合、同じ国の出身だし、カエサルさんに驚くのは分かるけど、シグルドさんの活動拠点はここホーミング王国のはずだし。それでも、ここまでの影響力を持っているっていうのは本当にすごいと思う。


「シグルド、なぜお前と並んで歩かないといけないのだ？　時間をずらしてもらえると助かるんだが……」

あれ？　なんだか聞き覚えのある声が聞こえて来たような……私とエミリーは自然とその声に反応して振り返った。

「それはこっちのセリフだ。なぜ俺が、てめぇのために気を使ってやらないといけないんだ」

「……お前、アイラが狙いではないだろうな？」

「てめぇは、あのガキが好みなのか？　おめでたい野郎だ」

「……ガキ？」

入って来たのはカエサルさんとシグルドさんの２人。私のお店に多大な貢献をしてくれている顧客だった。ていうか、２人は並んで歩いているけど、相性が良くないのか言い争いになってるし。いや、シグルドさんは冷静に受け流してる感じかな。というか、ガキとか失礼しちゃう。確かに２人よりかなり若いけど、これでもレディなんだからね！

２人を見てエミリーは度肝を抜かれたようだった。こんなに驚いている彼女は珍しい。

「アイラ、今度の医薬品の調達の件で、少し時間をもらえないだろうか？　来月のために、相当量のアイテムの買い置きしておきたいのだが……」

「は、分かりました。少しだけ、待っていただけますか？」

「ああ、当然だ。待っているさ」

「ありがとうございます」

カエサルさんは予想通り、来月のアイテム納品の件だった。それから、シグルドさんは……。

「エリクサー５個と万能薬を５個もらおうか。それから、蘇生薬も５個だ」

相変わらずの、気持ちいい大人買い。全部で15万スレイブもするけれど、冒険で十分に回収できるんでしょうね。

私は、冒険そのものについては何もできないけれど、こうやって支援させてもらうことはできる。シグルドさんがよく来てくれることと、エリクサーなどの秘薬を売っているという情報が拡散した影響で、彼には及ばなくてもかなり優秀な冒険者達が来てくれるようになった。

こうしたさまざまな人達と出会って楽しんで、お店の売り上げを伸ばしていく経営は、楽しくてしょうがない。私は本当に恵まれているんだと実感もできるしね。

「これは、ホンマにすごいな……とても勝たれへんわ……」

私達3人の会話を傍らで聞いていたエミリーは、静かに肩を落としていた。彼女の表情と言葉から、はっきりと分かった……私達の売り上げ勝負は、この段階で既に決着していたのだと。

◆◇◆◇◆

「アイラちゃん！　今日はエリクサーと万能薬をもらおうか！」

「は～い、毎度ありがとうございます！」

「私達はエリキシル剤をもらえるかしら？」

「はい、かしこまりました！」

両親が訪ねて来てから、2週間くらいが経過していた。本日も私は、従業員のライハットさんと2人で店を営業している。

売り上げはさらに伸びていた。エリクサー、蘇生薬、万能薬にエリキシル剤……この4つのアイテムは特に高額で販売している。優秀な冒険者達はそのクラスのアイテムを欲する割合が高い。だから、多めに作っても在庫を抱えることはあまりなかった。

そろそろ本当に、ライハットさん以外の従業員を何人か雇ってもいいかもしれない。店はかなり有名になったし、募集をすればすぐに集まると思う。より安定した高収入を実現するには、私は調合室に陣取ってた方が良さそうだしね。

「ライハットさん、そろそろ従業員を増やそうかと思っているんですけど」

「従業員をですか？　なるほど……確かに、調合もしているアイラ殿の仕事を減らすという意味では良いかもしれませんね」

「ええ、ある程度の給料なら払えると思うし」

「はははっ、それは確かに……7万スレイブを即金で払えるアイラ殿ですからね」

「ちょ、ちょっと、何を言ってるんですか！」

「ははははっ、冗談ですよ」

ライハットさんとはこうやって軽口を簡単に交わせる仲になった。伯爵令息の偉いお方だけれど、もうそんな身分差は感じないと言っても過言ではなかった。

なんだか、毎日が楽しい。もちろん忙しさもあるんだけど、その忙しさも私を成長させてくれてるんだと実感できる。

だから、成長した私は、しっかりとケジメを付けようと考えていた。本来なら、私は関わらなくてもいいかな……なんて思い始めていた事柄なんだけど。

ユリウス殿下の断罪……。

◆◇◆◇◆

「くそ……相変わらず、売り上げを伸ばしているみたいだな、お前！」

「なによ、ローランド。そっちだって、順調なんでしょ？」

「まあまあ、喧嘩はやめときや」

昼休みに入り、私はキース姉弟の元へと脚を運んでいた。時間にして1分もかからない距離にあるから、いつでも行ける。最近はちょうどいい溜まり場と化しつつある。

「アイラの店の今月の予想売り上げは１００万スレイブを楽に超えるみたいやな」

「まあ、そんなくらいだけど」

「ウチらはせいぜいその半分が良いところや。これはもう、完全に敗北やな」

「くそう、シンガイアから素材を調達までしたってのに、まさかその上を行かれるとはな……」

2人とも悔しそうだったけれど、私との売り上げ勝負は現段階での負けを認めてくれていた。それだけでも十分だ。私だって今後、彼らに負けないよう努力を続けないとダメなんだし。

「それで？　ちゃんと呼んでくれたの？」

「ああ、呼んどいたで。まあ、ウチらに頼ってるところがあるから、素直に来ると思うけどな……て、噂をすればやな」

エミリーの向いている方へ、私も目をやった。近づいて来るのは身なりの良い人々……周囲の人々は真ん中の人物を護衛している。

「お久しぶりですね、ユリウス王子殿下」

「あ、アイラ……」

以前に会ったのは1カ月くらい前かな？　ユリウス殿下が滅茶苦茶な理屈で強引に議会を納得させた時以来だ。

ユリウス殿下はあくまでも平静を装っている。でも、明らかに動揺している様子だった。どうしたらいいのか、考えているのかもしれない。今のユリウス殿下の心境はどんな感じなんだろう……聴診器で聞けるのなら、当てて聞いてみたいくらいだ。

「お久しぶりですね、本当に」

「う、うむ……そうだな……」

「ここに私がいる理由は分かりますか？」

「な、なんだろうな？　ははは、キース姉弟と仲良く話しているようにしか見えんが」

「……」

ここに来て、まだしらばっくれているユリウス殿下に、私は大きくため息で返した。ケジメで断罪とか考えていたけれど、馬鹿らしく思えてくる。あそこまで議会で啖呵を切っておいて……本当にこんな人が第二王子様で大丈夫なんだろうか。クリフト様とは違いすぎる。

「売り上げのことやで、王子殿下」

「エ、エミリー？　わ、分かっている、そんなことは」

しらばっくれるユリウス殿下を現実に引き戻したのは、エミリーだった。私への助け舟かしら？　一応敵同士のはずなんだけど……ここにはユリウス殿下の味方はいないみたいだ。

「売り上げの勝負、決着はついたと言いたいわけか？　アイラよ」

「そんなことを言いたいわけじゃありませんけど。議会を納得させる材料が消えてませんか？」

議会には自信満々に、キース姉弟が勝つと言ってしまっていた。でも現段階で、キース姉弟の店の売り上げが私の店に追いつく見込みはなかった。ユリウス殿下も分かっているはずだ。

「ローランド、エミリー……お前達は負けを認めるというのか？」

「いや、そういうわけじゃないけどよ」

「今のところは負けてるのは事実やからな」

「そうか……まあ、議会では期間の定めは特にしていないからな。まだ、私が負けたことにはならんだろう。アイラ、残念だったな」

「はあ……」

子供みたいな言い訳だ……じゃあ、今後、1年くらい経っても私が勝っていたらどうするんだろう？　それでもユリウス殿下は諦めないのかな？　それではこの売り上げ勝負自体が、ただの茶番だったことになってしまう。私個人やキース姉弟にとっては、良きライバル店同士の争いでしかなかったけど、ユリウス殿下にとっては違うはず。

「そんな言い訳が通用すると思うのか、ユリウス？」

そこに現れたのはクリフト様だった。このタイミングで現れるなんて……ユリウス殿下のあとをつけていたのかしら？

「あ、兄上！　聞いていたのか……」

「クリフト様っ」

「ユリウス、議会がお前を呼んでいるぞ。済まないがアイラも同行してもらえないだろうか？」

私は昼休みなんだけど、お店はライハットさんに任せてもいいかな？　さすがにこの状況で行かないわけにもいかないし。

「分かりました、私も行きます」

「ありがとう、アイラ。さて、ユリウス……もはや、以前のような言い訳は通じないと思った方がいいぞ。お前の切り札は使い果たしたようだし、議会の構成員も刷新されているからな」

「構成員を刷新……!?」

「ああ、知らなかったのか？」

クリフト様は裏で動いていた。以前と構成員が異なっているということは、公正な判断ができる貴族が中心になっているとか？　ユリウス殿下は、ますます窮地に立たされそうね……。

◆◇◆◇◆

ま、まずい！　どうすればいいのだ？　ローランドとエミリーは、現段階ではアイラとの売り上げ勝負で、近い勝負すらできていない！　くそ、あれだけ自信を持っていたのに役立たずめ！　シンガイア帝国からの物資の調達のみならず、私の資金まで大量に使っておいて……。

それとも……やはり、３大秘薬の全てを調合できるアイラが異常なのか？　キース姉弟は世間一般、シンガイア全域で見ても最強クラスに変わりはなく、それを超えてしまったアイラがおかしいだけだと。何がなんでもアイラを認める以外にはないというのか？

いや、それだけは駄目だ……それを認めてしまえば、理不尽な理由で彼女を追放した私の罪も認めることになってしまうからな！　まだだ……まだ、なんとかなるはず……。

「聞いていらっしゃいますかな？　ユリウス・ホーミング殿下」

「はっ、あ、ああ……もちろんだ」

「それならよろしいのですが」

全員ではないが、議会の構成員はやはり刷新されているようだ。まず、私に話しかけて来た議長が、イゴール・ハンニバル公爵に代わっている。兄上寄りではないが、私寄りでもない……他に刷新されている面子も、大体は中立の判断を下せる者が多いようだ。

くそう、これでは、勢いとハッタリに任せた言い分が通ることはないだろう。以前よりも議会の構成員がまともな上に、私の背後には兄上とアイラの姿まである……状況は以前よりもまずいと言える。

「ユリウス殿下、あなたが切り札と考えていたキース姉弟の件ですが……」

「あ、ああ……」

議長は早速、本題に入った。もはや、無駄な会話は必要ないということか。

「アイラ・ステイトとの売り上げ争い……現状で、かなり差が開いているようですな。それこそ、倍以上の差が出ているとか」

「そ、それほどになっていたか、なるほどな……」

「知らないはずがないでしょう、あなたが」

「くっ……！」

とぼけてみたが無駄だったか。冷静な突っ込みが入ってしまった。

「特に期間の定めはなかったとはいえ……これほどまでの差がついてしまっては、逆転は困難でしょう」

「ま、待ってくれ！」

私は議長の話を遮るように、咄嗟に叫んでいた。

「期間の定めなかったのだ！　それならば、もう少し時間を見ても問題ないだろう⁉　何を早急に話を進めているのだ！」

そうだ、まだ何カ月も経過していない。ここしか、貫けるポイントはない！

「まだ、数カ月も経過していない！　もっと長いスパンで見て、それから……」

キース姉弟が勝てなくとも、なんとか細工はできないものか？　例えば、キース姉弟の売り上げの水増しなどをして……。

「長期間で見ても構いませんが、不正を行った場合の反動はちゃんと考えておいてもらいたい」

「な、何を言っているんだ……私がそんなことをするわけがないだろう!?」

「だといいんですがね……」

議長は全く信用している様子がなかった。兄上やアイラにも目を向けたが、２人とも議長と似たような反応だ。こ、ここまでなのか!?

「ユリウス殿下。もう、よろしいでしょう？」

「ユリウス殿下。これ以上、恥の上塗りはおやめください」

「オーフェン、テレーズ……!?」

その時、議会の入り口に現れたのはオーフェンとテレーズだった。２人とも悲しげな表情で私を見ている。やめろ……私をそんな哀れみの目で見るな！　やめてくれ……！

気付いた時には、私はその場に崩れ落ちていた。もはや、私には武器と呼べるものはない。

＊＊＊＊＊

「ユリウス・ホーミング王子殿下は、アイラ・ステイト殿を不当に解雇し錬金術を私物化しようと企んだものであり……」

崩れ落ちたユリウス殿下を尻目に、議長は罪状を読み上げている。私を理不尽に解雇したのは事実だけど、錬金術の私物化？　他国のキース姉弟を切り札に据えたりしたのは、私物化と思われても仕方ないかもしれないわね。

さらに、罪状は私とキース姉弟の売り上げ勝負にまで進んでいた。崩れ落ちたユリウス殿下……放心状態であり、せっかく来てくれたテレーズさんとオーフェンさんはどうしたらいいのか分からない状態になっていた。

「……以上の罪について、審議をいたします。ユリウス殿下は処分が決定するまでの間、王族御用達の地下牢でお寛《くつろ》ぎください」

王族御用達の地下牢？　そんなのあったんだ。なんだか不思議な名称だ。王族御用達なのに地下牢っていう言葉のギャップというか。

「クリフト様、王族御用達の地下牢って……なんでしょうか？」

「ああ、アイラは知らないのか。王族や貴族のための牢屋が、この国には存在していてだな」

「え、そんなのあるんですか？」

「ああ……しかも、まあなんというのか」

「？」

クリフト様は言いにくそうにしている。なんだろう、これ以上聞いたらまずいのかな？

「聞いたらまずかったでしょうか？」

「いや、決してそういうわけではないんだが……」

「大丈夫ですよ、アイラ。確かにあの場所の存在はどうかしていると思いますし、罪を犯した者、罰が必要な者を身分によって区別するのは良くないと思いますので」

「テレーズさん」

そう言いながら、私達の話に入って来たのはテレーズさんだ。言いにくそうにしていたクリフト様の代わりをしてくれるみたいな。

「王族御用達の地下牢……つまりは地下牢という名の豪華な部屋です。鉄格子があり、見張りもいますので、外には出られませんが、トイレやお風呂も完備されています。ホーミング王国の歴史、といったところでしょうか」

「なるほど、そういうことですか……」

聞く人によっては、ホーミング王国の印象が一気に悪くなりそうな話だ。罪人となっても、貴族階級は特別扱いというわけだ。

「ま、待て！　私があの地下牢に行くのか？　そ、それではまるで、罪人みたいではないか！」

「……」

ユリウス殿下は放心状態から急に覚醒していた。この人は何を言ってるんだろうか……普通の地下牢でもいいくらいなのに、王族御用達の地下牢にしてもらっておきながら、この言い草。王家の印象を悪くしているのは、間違いなくユリウス殿下だ。

議長達も呆れすぎて、ため息を漏らしているようだった。

「ユリウス殿下……」

テレーズさんももはや、何も言えない状態。その表情には憎しみさえ滲《にじ》ませていた。そして、クリフト様がユリウス殿下に話しかける。

「ユリウス」

「兄上！　頼む、なんとかしてくれ！　もはや、私には肉親以外に頼る相手がいないのだ！」

とうとう、今まで敵対していたクリフト様に泣きつきはじめた。これはさすがに笑えない。本当に一発くらい殴《なぐ》った方がいいんじゃないだろうか？　そんなことを思っていると……。

「ユリウス、お前は罪人だ。自らの不始末で起こした事態は、自らをもって償うんだな」

「あ、兄上!?　嘘だろう……!?　私達は兄弟だろう!?」

「兄弟だからこそ、だ。お前の行動は度が過ぎた。ここらで失脚するのが筋だろう」

「そ、そんな！　私の国王への道は……うわぁぁぁぁぁぁ!!」

クリフト様は差し出されたユリウス殿下の両手を激しく振り払い、冷淡な言葉を告げた。ユリウス殿下はその場に再び崩れ落ち、本気で泣き叫んでいた。

ユリウス殿下はその日のうちに、地下牢へと幽閉されることになった。緊急事態がない限り、いくら王族とはいえ自由に出ることはできないみたい。彼は結局、謝罪の意を表明することなく、肩を落としたまま地下牢へ入って行った。

それにしても、王族御用達の地下牢とはね……。

「見た目はほとんど客室と変わりなかったですね」

「それはそうだな。もともとは宮殿を設計した人物が作った代物だからな。デザインを新しく考えるのが面倒で、王族御用達の地下牢は同じような間取りにしたのかもしれん」

そう考えると、可愛い理由な気もする。鉄格子が付いている以外は「王族御用達」の部屋って感じだったし。過去の歴史の中で何人くらいが、あの地下牢で過ごしたんだろう。

「ユリウス殿下……」

「オーフェン様、お気を確かに」

「いえ、テレーズ殿……私は大丈夫です。ただ、ユリウス殿下は最後まで謝罪することがありませんでしたから」

「それは私も残念に思っています。一時期は、彼に好意を抱いていましたから」

テレーズさんは大胆な発言をしていた。本来なら、野次が飛ぶのかもしれないけど、とてもそんな雰囲気ではない。2人とも本当に残念そうにしていた。

「2人の気持ちはとてもよく分かる。兄である私も残念で仕方ない。だが、とりあえずこれで、一件落着といったところか」

「はい、そうかもしれませんね」

まだユリウス殿下の処分は発表されていないので、先走りかもしれないけど、一件落着と言ってしまってもいいと思う。もう、ユリウス殿下には勝手な暴走は不可能なんだから。

それから……。

「あの、クリフト様」

「どうした、アイラ?」

「キース姉弟に何か罰が下るなんていうこと……ありませんよね?」

念のため、私は尋ねてみた。あの2人はユリウス殿下の協力者だったわけだから。いや、ユリウス殿下を利用していただけかもしれないけど。

「キース姉弟に関しては、特に罰を与えることは考えていない。そんなことをすれば、シンガイア帝国との摩擦になりかねないからな」

「でも、ユリウス殿下は確か、彼らにホーミング王国の錬金設備の秘密を話すと言ってませんでしたか?」

確か以前の錬金勝負で、そんな約束があったと聞いている。

「そういえば、そんなこともあったか。まあ、あの2人になら多少の秘密は漏らしても問題はないだろうが……そうだ、アイラ。よければ協力してもらえないだろうか？」

「えっ、協力ですか？」

「そう、協力だ。ホーミング王国が錬金勝負で負けたままなのは、やはりあまり好ましいことではない。そこでだな……」

なんていうか、この時のクリフト様の表情は、いらずらっ子のそれになっていた。クリフト様もまだまだ少年の心をお持ちなのかしら？

つまり、クリフト様は、私とキース姉弟の錬金勝負を企んでいたわけで……あわよくば、シンガイア帝国の秘密を手に入れようと考えていたんでしょうね。


ユリウス王子殿下の断罪が一段落ついた後、私はキース姉弟の店を訪れた。理由はもちろん、2人に錬金勝負を持ちかけるためだ。よくよく考えたら、エミリーと初めて会った時は錬金勝負を挑まれかけてたしね。

同行者として、クリフト様もいる。

「はっ、俺達2人に錬金勝負を持ちかけてくるとはな！」

「それも、ウチらは双性錬金で、アイラは1人で挑むつもりなんか？　いくらなんでも舐めすぎと違う？」

もちろん2人を舐めているつもりはこれっぽっちもない。この錬金勝負の発端はクリフト様にあるんだから。やろうと思えば、シスマに協力を仰いで2対2の戦いに持ち込めたとは思う。でも、それでは意味がなかった。

この錬金勝負は自分の限界への挑戦みたいなものだから。シンガイア帝国でも最高クラスの2人と同時に戦えば、さすがに自分の限界が見えると思っていた。負けるつもりは到底ないけど、例え負けたとしても、それはそれで……。

私はこの勝負で、自分の限界点を知りたいと思っている。3大秘薬とエリキシル剤の調合まで可能にしてしまった……錬金術を教えてくれた師匠は、はるか彼方で抜き去った。テレーズさんやシスマでも勝負にならないくらいだ。この状態は非常に不安でもある……だから、私はキース姉弟の双性錬金に挑みたい。

「まあ、勝負は受けたるわ。懸けるものは、お互いの国の錬金術の秘密ってことでええんやな？」

「ああ、それで構わない。君達が以前に行った錬金勝負での勝利は無効にはならないから、安心してくれ」

クリフト様はキース姉弟を安心させる言葉を述べる。私達の錬金勝負の結果がどうであれ、彼ら2人にはホーミング王国の最新設備のいくつかを晒すということだろう。まあ、キース姉弟は信頼できるし、その辺りはクリフト様も分かっているみたいね。

「錬金勝負の件は承諾するわ。ウチらも、アイラとは1回、勝負してみたかったしな。単独ではとても勝たれへんのは分かってる。だから、ウチらは2人で挑む。それで文句ないねんな？」

「ええ、それで構わないわ」

決して彼らのことを侮っているわけじゃない。特に双子のコンビネーション技である双性錬金で挑まれれば、最大限の警戒すら必要と言える。この双性錬金は以前に戦った、シスマ以上の相手であることは間違いない。

協議の結果、高レベルの薬品の質、数を考慮する勝負ということで合意に至った。

「そういえば、ユリウス殿下が投獄されたってホンマなん？」

「そうだな、事実だ」

「うわ～、それは大変やな。あの王子様、これから大変やろ？」

「かもしれないな」

他人事のようにユリウス殿下のことを話している、エミリーとクリフト様。確かに処分が決定してからの彼は、色々と大変でしょうね。風評被害じゃないけど、兄弟であるクリフト様や国王陛下にも、少なからずダメージはあるだろう。それに引き換え、キース姉弟は無傷で済むでしょうね……下手に手を出して、シンガイア帝国を敵に回すのは得策じゃないだろうし。

ん？　もしかして、この2人ってその辺りも計算して、ユリウス殿下に協力していた？　もしも、それが事実なら、かなりしたたかで計算高いわね……。

まあ、細かいことは置いといて、キース姉弟との錬金勝負に集中しないとね。私は気持ちを切り替えて挑むことにした。絶対に負けないいんだから！

「では僭越《せんえつ》ながら、私が錬金勝負の審判役をさせてもらおう」

そう言いながら、クリフト様はやや照れながら咳払いをする。

「制限時間は30分。その間に作れたアイテムのレベル、数の総合で勝敗を決するものとする。異論はないな？」

「はい、私は大丈夫です」

「こっちも問題ないで」

「俺もだ、問題はねぇぜ！」

「よし、では早速、錬金勝負を開始して……ん？」

キース姉弟の店は、現在は閉店している。大通りに面しているから人通りはまだ多いけれど……明らかに私達に気付いて歩みを速める人々がいた。カエサルさんとシグルドさんだ。

「カエサルさん、シグルドさんも……！」

私は偶然のタイミングでの出会いに、ついつい声が裏返ってしまった。まさか、これから錬金勝負を始めようとしたところで会うとは思ってなかったし。

「こんなところで何をしているんだ？　クリフト王子殿下まで……」

カエサルさんは不思議な表情になっていた。確かに、事情を知らないと訳が分からないと思う。

「ええと、実はですね」

とりあえず、私は２人に錬金勝負について話した。


「ほう……錬金勝負か。それはまた、血がたぎる名前だな」

私が錬金勝負の説明をし終えると、まず食い付いたのはシグルドさんだ。毎日のように、危険なダンジョンで宝や素材などを集めている彼ならではかしら？　その間にも、何体もの魔物を倒しているんだろうし、種類は違うけど「勝負」という言葉には興味があるのかもしれない。

シグルドさんほどではないけど、カエサルさんも興味津々《しんしん》といった表情で私を見ていた。

「なるほど、では俺もここで見学をしていいかな？　君の店の顧客になって見えて来た、アイラ・ステイトという才能……君の錬金術を間近で見られるチャンスはそうないからな」

「いえ、そう言ってもらえるのはありがたいですけど……」

カエサルさんもシグルドさんも、錬金勝負を見物する気、満々のようだ。別にそれ自体は問題ないけど、顧客の2人に見られるとなんだか調子が狂うわ。そんな私達を呆気《あっけ》に取られた表情で見ているのは、キース姉弟だった。そういえば、カエサルさんとは同じ国の出身だっけ。

「カエサル・ブレイズさんやんな？」

「ああ、そうだが？　キース公爵令息と令嬢、かな？」

そういえばキース姉弟って公爵家の人だっけ。忘れてたわ。不敬罪にならないといいけれど。

「そうやで、エミリー・キース言うねん。こっちがローランド・キースや。こうして話すのは初めてやな」

「確かそうだったか。以前にアイラの店で見かけたことはあったが」

「風来坊とは言われてるけど、あの伝説の医者とお近づきになれるのは、滅多にないことやで。今のうちにサインでももらっとこうかな」

「姉貴、俺のも頼むぜ」

なんだか、キース姉弟が可愛らしかった。双性錬金を操るシンガイア帝国最高の錬金術士
……そんな2人がカエサルさんにサインを求めている場面ほど珍しいものはないだろう。シグルドさんはその光景には興味なさそうに、明後日の方向に目をやっていた。

「どうかしました？」

「お前、護衛でも付けたのか？」

「はい？」

私の周囲に人影はないはず……事実、シグルドさん以外の誰にも指摘されたことはない。実際には五芒星が2人、守ってくれているんだけど、彼がそれを知っているはずはなかった。

「……どういうことでしょうか？」

「以前、ダンジョンに似たような透明化の魔物がいてな。俺の感覚は他の人間とは違うんだよ」

あ、そういうことか。この人は常に死が隣にある状況で生き抜いてる。インビジブルローブくらいなら、簡単に看破できるのか。

カエサルさんとシグルドさんの凄さが改めて分かった。ていうかこの2人、結構、仲が良いんじゃないの？　一緒に私達のところに来てるし。以前の会食が功を奏したのかもしれないわね。

突然の有名人の登場に、錬金勝負の印象が弱くなっていた。

「とりあえず、錬金勝負を始めないか？　話は後からでもできるだろう？」

「あ、そうですね」

「はいは～～い、ほんならやりましょか！　カエサルさん、ウチらが勝ったら定期購入はキースファミリーに替えてや。シグルドさんも頼むで～～」

「ちょっと！　勝手に変な条件付けないでよ！」

冗談だとは思うけど、エミリーはこの錬金勝負でカエサルさんとシグルドさんという、強力な顧客を奪おうとしていた。私は思わず反論してしまう。

「ま、俺は構わねぇが？」

「ちょっと、シグルドさん……」

「そこのキース姉弟とやらが、本当にアイラ・ステイト以上だったらの話だがな」

「……」

これは、私の実力を買ってくれているってことかしら？　完璧な実力主義……最高クラスの冒険者ならではの言葉ね。

「俺も考えさせてもらおう。君達2人が、アイラ以上に俺の望むアイテムを作れるか次第だからな」

カエサルさんも言い方は違うけれど、実力主義の一面を匂わせていた。

「姉貴、これは負けられねぇな！」

「ホンマやな……売り上げ勝負の逆転にも繋がる一戦やで！」

その言葉に、私は警戒心を露にした。確かにその通りかもしれない……私のお店にとってカエサルさんとシグルドさんは重要な顧客なんだし。その2人が丸々、キース姉弟の店に行けば売り上げはどうなるか分からない。

決して負けられない錬金勝負が開幕しようとしていた……と、かっこつけて言ってみる。

◆◇◆◇◆

「そこまで‼」

クリフト様の号令と共に、私とキース姉弟は同時に手を止めた。錬金勝負が完了したのだ。

カエサルさんとシグルドさんの２人も私達の錬金勝負を真剣な表情で観戦してくれていた。

私は１人、キース姉弟は２人という違いはあるけれど。

「キース姉弟は……超上級回復薬を33個。それから、上級回復薬を24個か。たったの30分にしてはすさまじい個数だな」

「はは、当たり前やん。これが双子のコンビネーション、双性錬金の真骨頂やで！」

「はっ、まあな……はあはあ……」

２人とも相当に体力を消耗しているように見える。それでも、高ランクのアイテムを50個以上作れるのはすごい。数だけで言えば、私でも到底追い付けないわ。

「双子による、完璧に近いコンビネーション……見習うべき技術よね」

私には兄弟がいないけど、今度、シスマと一緒に双性錬金を試してみようかな？　万能薬を開発した時に、双性錬金紛いのことはしたけれど、こうして本物の技術を見たから、応用できるところが増えるだろうし。

「それから、アイラは……」

クリフト様が、私の作ったアイテムに目をやっている。キース姉弟と比較するように……。

「エリクサー、万能薬の2種類で合計28個か」

「はい、クリフト様」

作ったアイテムの数で言えば、キース姉弟に倍くらいの差をつけられている。普通に考えれば、私の劣勢になるんだけど。

「錬金術士や薬士は、調合したアイテムをランク分けして、点数でその希少性を評価してるんや。上級回復薬は20点、超上級回復薬は30点やな」

そう言いながら、エミリーは懐からアイテムの点数表を取り出した。似たようなものは私も見たことはある。クリフト様はその点数表で判断することにしたようだ。彼女から受け取っていた。

「エリクサー、蘇生薬、万能薬の点数はそれぞれ１００点か。となると、数では倍くらいの差があるが、点数で見るとキース姉弟は１４７０点。対するアイラは２８００点か……」

「そういうことやな」

「姉貴……これは」

点数、アイテムの数、2対1という勝負形式であったことも考慮しているのかもしれない。

クリフト様は少し考える素振りを見せていた。

「アイラの勝利、ということで問題ないかな？　反論があるなら承るが……」

クリフト様は私の勝利を宣言してくれた。キース姉弟達にも確認を取るけれど、反論する様子は見せていない。

「点数換算で倍近い差が付いているんやし、反論も何もないよ。しかも、こっちは双性錬金で挑んだのに、や」

「一体、何者なんだよ、お前は」

「いや、ただの田舎娘だけど……」

「嘘つけ、お前みたいな田舎娘がいるかよ！」

田舎娘なのは本当なんだけど、ローランドは信じてくれなかった。こうして、キース姉弟との錬金勝負は私の勝利で幕を下ろした。

勝負を見ていた人物は2人、私の傍らに静かに立っている。実際にはインビジブルローブを身に着けた五芒星の人達もいるんだろうけど、あえてカウントしない。

「なるほど、これが錬金勝負というものか。なかなか見ごたえがあるじゃねぇか」

「気に入ったのか、シグルド？　俺の国では割と頻繁に開催されているぞ？」

「ほう、あのキース姉弟とやらは、シンガイア帝国ではトップレベルなんだろう？」

「そうだな、そう聞いている。俺は錬金術については詳しくはないが……あのキース姉弟の１４７０点という点数も、ほとんど出たことがないはずだ」

「ほう、そうなのか。やはり、俺の眼に狂いはなかったようだな。アイラ・ステイト……ジャンルは違うが、近しい才能を感じた俺の嗅覚は」

なんだかカエサルさんとシグルドさんは、仲良く会話をしているみたいだけれど、シグルドさんが私を同じ穴の狢《むじな》みたいに言うのは勘弁してほしかった。

「いえいえ、シグルドさん。私はシグルドさんみたいに、戦闘狂ではないですよ？」

「ジャンルは違うと言っただろう？　だが、お前の才能は天井知らずのはずだ。売り上げ勝負の時も今回の錬金勝負でも……自分の底を確認できたか？」

「それは……」

確かに、どちらもキース姉弟という希代の錬金術士を相手にしていた。でも、私が確認したかった底はまだ見えていない。シグルドさんも冒険者として、まだ自分の底が見えてないのかな？　だから私のことを、ジャンルは違うけど近しい才能と言ったのかもしれない。

「まあ、何はともかくアイラ」

「エミリー？」

「ウチらの負けや。シンガイア帝国の錬金術に関する秘密も、知ってる範囲で話すから安心してな」

「あ、う、うん……ありがとう」

私とエミリーは固い握手をした。本当に勝負が決した瞬間だ。

クリフト様も満足そうな表情になっている。きっとクリフト様も、シンガイア帝国の秘密は二の次で……おそらく本当の目的は、彼らとの摩擦を完全に消すことだったんじゃないかな。キース姉弟はこの国で宮廷錬金術士として働くんだし。

それは、長い目で見ればシンガイア帝国との友好の架け橋にもなる……クリフト様はそこまで考えているんじゃないかと思えてならなかった。

でもまあとにかく、売り上げ勝負に続いて錬金勝負でも勝利を収めることができた。やっぱり、勝つのは気分が良い。そんな風に思える1日だった……。

「あ～～、今日も終わりましたね！」

「ええ、お疲れ様でした、アイラ殿」

「はい、お疲れ様です、ライハットさん」

私達は陽気にハイタッチをして、その日の営業を終了した。新たな従業員募集の張り紙は店の前に出しているし、冒険者ギルドの一画にも出してもらえることになっている。今後、人手不足を補うことも可能になっていくだろう。

「お疲れ様、アイラ」

「アミーナさんもお疲れ様です……って言っても、桜庭亭に休みはありませんでしたね」

「宿屋という形態上、それは仕方ないわ。でも、代わりを務めてくれる従業員はいるし、休みはとっているわよ」

「それならいいんですが」

さすがに24時間働きっぱなしだと、倒れてしまうしね。私も従業員を増やして、もう少しのんびりした時間を作っても良い頃合いかもしれない。売り上げも安定してきてるし。

「それにしても本日は、我々3人、落ち着いた会話ができていますね。いつもはどこか忙《せわ》しない雰囲気がありましたから……」

「確かにそうですね、ライハットさん」

言われてみると確かに……今日は時間がゆっくりと流れている気がするわ。

こんなに落ち着いてアミーナさんと話すのって久しぶりじゃないかしら？　もしかして数カ

月前のお店オープンの時以来？　そう考えると、あれからずいぶん色んなことがあったわよね。

「薬屋エンゲージを開店して色んな人に会って、人生観とか変わったんじゃない？」

「人生観……そんなに偉そうなことを言えるほど、まだ時間は経ってませんが、まあ一応は」

私の本質は特に変わってないけど、新しい興味は色々と出て来た。テレーズさんみたいな優しい貴族がいることも分かったし、カエサルさんの医療関係、シグルドさんの冒険者関係への興味は本当に尽きない。

さらに、キース姉弟が鍛冶屋紛いの錬金術を披露したりしているし……鍛冶についても密かに興味が出ていたりする。

「アイラ、知ってる？　あなた、冒険者ギルドではモテモテらしいわよ？」

「えっ、そうなんですか？」

奇跡の錬金術士とか言われているのは知ってるけど……モテモテ？　それは初めて聞いたわ。

「結構、アイラのことを狙っている冒険者が増えているんだって。でも、あなたの周囲には……ほら、かっこいい男性が多いでしょう？　だから、前途多難だって愚痴《ぐち》っている人もいるらしいわよ」

そう言いながら、アミーナさんは思いっきりライハットさんを見ていた。彼は思わず顔を赤らめ、彼女から視線を逸らしている。

「もう、アミーナさん！　ライハットさんが困っているじゃない！」

「ええ、ごめんなさい。でも他にもクリフト王子殿下やカエサルさん……シグルドさんもいらっしゃるし、羨ましい状況なのは事実よ。嫉妬した女性に小石を投げられないといいけれど」

「小石って……」

なんだかちょっとだけ可愛い気がする。それに、小石を投げる人の中には、未亡人のアミーナさんも入っているんじゃ……なんて思ったり。カエサルさんのファンらしいしね。

「やめてよ、アミーナさん。そう言ってもらえるのはすごく嬉しいけどさ……私なんて17歳の小娘でしかないんだし。ライハットさん達に失礼でしょう」

「そうかしら？　私の予想では、これからアイラ争奪戦が始まりそうな予感がするけれど……」

「ええ……争奪戦……？」

争奪戦って、あんまり良い雰囲気ではないけれど。アミーナさんが言うと、なんだか楽し気に聞こえるから不思議だ。……本当に争奪戦が起きれば、ある意味面白いかもしれないけど、まさかね。

それよりも私は、新たな従業員の確保や、カエサルさんやシグルドさん達の仕事への興味、それから、錬金術士としての技能向上にどんどん能力を注いで行きたいと考えていた。シスマやテレーズさん、キース姉弟達とも触れ合いながら切磋琢磨しつつ……。

私の錬金術士としての人生はまだまだこれからだ。王国最高、いえ世界最高の錬金術士を目指してみようかな！

あとがき

最後までお読みいただきましてありがとうございました。1巻の内容はここまでとなります。アイラの才能は底なしの状態が続いております。他国の錬金術士たちと比較しても、その実力差は歴然の様子でございまして……果たして、彼女の底が見える時はくるのでしょうか？

今回の内容としましては、第二王子ユリウスによる追放からのお店経営、ライバルとの錬金勝負を経てからの、他国の錬金術士との売り上げ勝負と続いてまいりましたが、お楽しみいただけたでしょうか？

この話の主題といたしましては、アイラが最初に理不尽な理由で宮殿からの追放が行われ、その後に周囲の人々の協力もあり、薬屋を経営。その薬屋を繁盛させていく過程での、様々な職業の人々との出会いになります。

そんな人々を通して、アイラがどのように成長していくのか……彼女の才能からすれば、謙虚な態度だけでは反感を買う場合もある。しかし、アイラ自身は才能をひけらかしたくはない。物語の中で詳細には書いていませんが、そういった問題も彼女はコミュニケーション能力の高さで十二分に補うことに成功いたしました。自らは積極的に錬金術の実力について話すことはしない。相手から振られた場合は自分が実力者であることが、ある程度分かるように話している。アイラはそれらを無意識の内にやっているので、苦労している様子はありませんが、実はそれなりに負担になっているのかもしれません。現実の社会でもそういったことは多々あるかと思います。

仕事のできる人は尊敬されますが、自慢し過ぎても、謙虚過ぎても批判の対象になってしまう。それを乗り越えるための手段の1つがコミュニケーションです。本人を好きになれば、実力のある部分も魅力的に見えますしね。拙い文章ではありますが、アイラのコミュニケーション能力や明るさを少しでも実感していただければ嬉しいです。

物語は今後、冒険者や医者などに焦点が当たることになります。それぞれの職業の世界観をアイラが目の当たりにすることで、彼女の価値観の変化が起き、新たな出会いも生まれていきます。薬屋を通して、さらにアイラの世界が広がっていく感じですね。そして、ロンバルディア神聖国なども介入することになり……といった具合でしょうか。

2巻以降も刊行されることになった時は、お読みいただけますと非常に励みになります。Web版の更新は続いていきますので、そちらも合わせてよろしくお願いいたします。

以上をもちまして、あとがきと代えさせていただきます。本書を手に取り、最後までお読みいただきまして本当にありがとうございました。

まいか

次世代型コンテンツポータルサイト

ツギクル https://www.tugikuru.jp/

「ツギクル」はWeb発クリエイターの活躍が珍しくなくなった流れを背景に、作家などを目指すクリエイターに最新のIT技術による環境を提供し、Web上での創作活動を支援するサービスです。

作品を投稿あるいは登録することで、アクセス数などの人気指標がランキングで表示されるほか、作品の構成要素、特徴、類似作品情報、文章の読みやすさなど、AIを活用した作品分析を行うことができます。

今後も登録作品からの書籍化を行っていく予定です。

ツギクルAI分析結果

「薬屋経営してみたら、利益が恐ろしいことになりました　～平民だからと追放された元宮廷錬金術士の物語～」のジャンル構成は、SFに続いて、ファンタジー、恋愛、歴史・時代、ミステリー、ホラー、現代文学、青春の順番に要素が多い結果となりました。

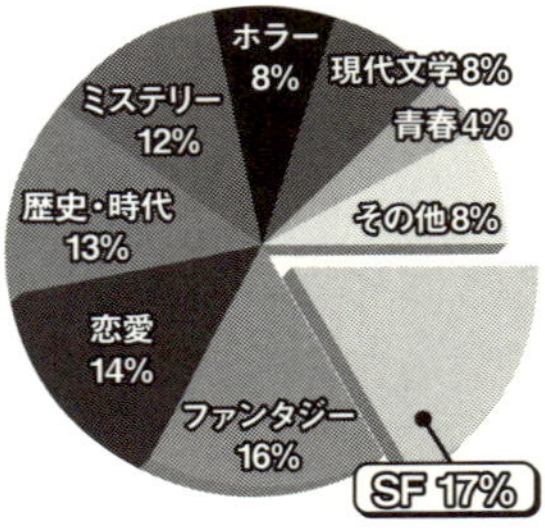

期間限定SS配信

「薬屋経営してみたら、利益が恐ろしいことになりました ～平民だからと追放された元宮廷錬金術士の物語～」

右記のQRコードを読み込むと、「薬屋経営してみたら、利益が恐ろしいことになりました　～平民だからと追放された元宮廷錬金術士の物語～」のスペシャルストーリーを楽しむことができます。ぜひアクセスしてください。

キャンペーン期間は2021年9月10日までとなっております。

ツギクルブックス
創刊記念大賞
大賞受賞作！
カット＆ペーストでこの世界を生きていく
「ヤングジャンプコミックス」より
コミック単行本
発売中！
著／咲夜
イラスト／PiNe《バイネ》　乾和音　茶餅　オウカ　眠介
最強スキルを手に入れた少年の
苦悩と喜びを綴った
本格ファンタジー

転生したけどチート能力を使わないで生きてみる
著✦大邦将人
イラスト✦碧 風羽
チート能力やるから使えよって、
そんなうまい話にのるかっ!
双葉社でコミカライズ決定!
神様からチート能力を授かった状態で大貴族の三男に異世界転生したアルフレードは、
ここが異世界転生した人物（使徒）を徹底的に利用しつくす世界だと気づく。
世の中に利用されることを回避したいアルフレードは、
チート能力があることを隠して生活していくことを決意。
使徒認定試験も無事クリア（落ちた）し、使徒巡礼の旅に出ると、
そこでこの世界の仕組みや使途に関する謎が徐々に明らかになっていく——。
テンプレ無視の異世界ファンタジー、ここに開幕!
本体価格1,200円＋税　ISBN978-4-8156-0693-0

普通職の異世界スローライフ
～チート（があるくせに小者）な薬剤師の無双（しない）物語～
1～2
著 仏よも
イラスト やまかわ
KADOKAWA「Comic Walker」にて
コミカライズ予定!
貴族になって
戦いたくないので（小者?）
薬を作ります!
神城大輔（36歳）は製薬会社のルート営業先の学校で、
突如、異世界召喚に巻き込まれる。気づくと、目の前には
謝罪する女神がいて、実は巻き込まれ召喚であったことが判明。
お詫びとして特別待遇を受けられると聞き、
彼が選んだ職は憧れだった「薬剤師」。
どこにでもいる普通の社会人である神城は、
激しい冒険生活など求めない。それぞれの思惑が渦巻く異世界で、
果たして平和な日常生活を送ることができるのか?
普通（じゃない）スローライフ（しない）異世界ファンタジー
本体価格1,200円＋税　ISBN978-4-8156-0589-6
ツギクルブックス
https://books.tugikuru.jp/

追放悪役令嬢、只今監視中！
「モンスターコミックスf」（双葉社）でコミカライズ決定！
王子、監視している人は本当に悪役令嬢ですか？
著 扇つくも
イラスト くろでこ
聖女候補モモを貶めるために聖女像を穢した悪役令嬢クロエ＝セレナイトは、
聖教会によって辺境の修道院送りにされる。「修道院に到着するまでの道中で
改心できなければ公爵家を勘当」という厳しい条件を突き付けられたクロエ。
一方、クロエとの婚約破棄を確定させるために道中の監視を行うことになった王子レッドリオだが、
予想外の行動をとる「悪役令嬢」に戸惑うばかり。
ダンジョンの宿で巻き起こるトラブルに、悪役令嬢の真意が徐々に解き明かされる——。
悪役令嬢（？）と王子による異世界のぞき見ファンタジー。
本体価格1,200円＋税
ISBN978-4-8156-0597-1
ツギクルブックス
https://books.tugikuru.jp/

ツギクルブックス

愛読者アンケートに回答してカバーイラストをダウンロード！

愛読者アンケートや本書に関するご意見、まいか先生、志田先生へのファンレターは、下記のURLまたは右のQRコードよりアクセスしてください。

アンケートにご回答いただくとカバーイラストの画像データがダウンロードできますので、壁紙などでご使用ください。

https://books.tugikuru.jp/q/202103/kusuriyakeiei.html

本書は、「小説家になろう」（https://syosetu.com/）に掲載された作品を加筆・改稿のうえ書籍化したものです。

薬《くすり》屋《や》経営《けいえい》してみたら、利益《りえき》が恐《おそ》ろしいことになりました ～平民《へいみん》だからと追放《ついほう》された元《もと》宮廷《きゅうてい》錬《れん》金術《きんじゅつ》士《し》の物語《ものがたり》～

2021年3月25日　初版第1刷発行

著者　まいか

発行人　宇草 亮
発行所　ツギクル株式会社
〒106-0032　東京都港区六本木2-4-5
TEL 03-5549-1184
発売元　SBクリエイティブ株式会社
〒106-0032　東京都港区六本木2-4-5
TEL 03-5549-1201

イラスト　志田
装丁　株式会社エストール

印刷・製本　中央精版印刷株式会社

ISBN978-4-8156-0852-1
Printed in Japan